Frédéric Richaud

Frédéric Richaud est auteur de romans et de biographies mais aussi scénariste de bandes dessinées. Il a notamment écrit *Monsieur le jardinier* (1999), *La Passe au diable* (2002) et *La Ménagerie de Versailles* (2007), publiés chez Grasset. Il a également adapté le roman de Patrick Rambaud, *La Bataille*, en trois tomes de bandes dessinées (Dupuis, 2012-2014). Son nouveau roman, *Monstres*, a paru chez Julliard en 2022.

MONSTRES

FRÉDÉRIC RICHAUD

MONSTRES

julliard

ISBN : 978-2-266-33543-0
Dépôt légal : octobre 2023

Chacun voit ce que tu parais,
peu perçoivent ce que tu es.

Nicolas Machiavel, *Le Prince*.

I

Pour le voyageur qui, en 1655, découvrait Paris du haut de la butte Montmartre, la ville semblait une vaste mer de toits argentés au milieu desquels émergeaient, par endroits, le mât pointu d'une église ou les tours carrées d'une cathédrale. Et c'était un spectacle merveilleux, vraiment, que celui de cette étendue qui allait se perdre au fond de l'horizon et d'où montait, comme une chanson, une continuelle rumeur de cloches, de hennissements et de cris.

Mais sitôt que le voyageur avait dévalé l'un de ces petits chemins éclaboussés d'arbustes qui serpentaient jusqu'à la ville, c'en était fini de la beauté. Il n'est pas toujours bon de pénétrer le revers des choses. Car sous cet immense tapis d'ardoises, au pied de ces grandes tours où Dieu veillait au destin de quatre cent mille de ses créatures, se cachait un monde d'une laideur repoussante. Non seulement il n'était pas une rue, pas une maison, pas une place qui ne gardât les stigmates de la Fronde, qui, quelques années plus tôt, avait failli mener le pays à la ruine, mais il n'était rien, non plus, qui ne fût rongé par la vermine ou la crasse. Tout était gris, sale, étroit, boueux, disparate. Les maladies se vautraient là-dedans comme des cochons dans leur lisier ; elles passaient du mendiant à l'ouvrier, de l'ouvrier au curé, du curé au bourgeois, faisaient gonfler les ventres, déchaussaient les dents, creusaient les orbites et les joues, atrophiaient les membres, remplissaient les cimetières.

À ce tableau misérable s'ajoutaient des odeurs pestilentielles. En plus d'amonceler des ordures à chaque coin de rue, de vendre du chou ou de la viande avariée, en plus de puer de la bouche et de sentir le bouc sous les bras, les Parisiens et les Parisiennes, faute de latrines, pissaient et chiaient où bon leur semblait (quoiqu'il existât certains lieux plus prisés que d'autres : aux Tuileries, par exemple, ils étaient plusieurs centaines à se retrouver chaque matin sous une allée d'ifs pour débarrasser leurs intestins du mauvais repas qu'ils avaient ingurgité la veille). Tous les jours, les boueurs évacuaient vers la banlieue près de vingt mille boisseaux de merde.

Dans ce cloaque à ciel ouvert, le vent n'épurait rien. Peinant à trouver son chemin à travers les ruelles, butant contre les murailles, il tournait le plus souvent en rond comme un vieux chien dans sa caisse.

Si le voyageur arrivait jusqu'à la Seine, le tableau était pire encore : non contentes d'être le repaire des tanneurs, des margoulins et des putains, les berges fangeuses voyaient s'amonceler toutes les immondices que la ville n'avait pu digérer : fruits pourris, carcasses d'animaux, caisses disloquées, tas de fumier ou de paille moisie. Quant au fleuve lui-même, il servait de gigantesque égout où flottaient parfois, au milieu d'étrons et d'autres détritus, des cadavres maculés de taches verdâtres d'hommes ou d'enfants au ventre gonflé.

Mais si le voyageur passait les portes du Louvre, la laideur, comme par magie, s'évanouissait. La beauté, dit le philosophe, c'est l'harmonie – qui, comme chacun sait, vient du grec *harmozo* qui signifie « joindre, coïncider, adapter, emboîter ». De fait, dans ce palais, tout joignait, coïncidait, s'adaptait, s'emboîtait à merveille : les rapports entre la longueur et la hauteur des bâtiments, le nombre et la taille des fenêtres sur les façades, les colonnes de marbre cannelées et les frontons doriques, la circonférence des bassins et l'altitude de leurs jets d'eau. Et qu'importe que, çà et là, des échafaudages fussent installés, aux étages desquels s'agitaient des ouvriers couverts de plâtre : au cœur de Paris, ce château faisait penser, au mieux, à une perle dans une huître, au pire, à un canot de sauvetage au milieu d'un naufrage.

L'harmonie ne s'arrêtait pas aux seuls édifices : dans cette grande boîte aux formes si pures vivaient des hommes et des femmes si distingués, si bien habillés, qu'on aurait dit que l'architecte du lieu les avait dessinés en même temps que ses plans. Aux ors des plafonds répondait celui des parures, au velours des tentures, la soie brodée des busquières, à l'ivoire des marbres, la blancheur nacrée des visages. Dans l'air, des soufflets et des pastilles à brûler masquaient les pestilences en diffusant des odeurs de musc, de civette, de patchouli.

Et si le voyageur arrivait juste à l'heure de la promenade de la famille royale, le tableau touchait au sublime.

Tous les matins, après la messe, le roi et ses proches faisaient, à petits pas, le tour de leur royaume de marbre. C'était un spectacle extraordinaire que de voir passer devant soi ce que la société comptait de plus noble, de plus raffiné, de plus instruit, de mieux habillé, de mieux nourri, de mieux soigné.

Voyez le roi comme il s'avance, entouré de ses gardes du corps vêtus de bleu, veste, culotte et bas rouges ; regardez ses cheveux blonds ondulés qui lui tombent sur les épaules, sa camisole de Hollande brodée d'or et d'argent, ses bas de soie rose et ses souliers de satin vert. Voyez aussi comme son visage n'a gardé presque aucune trace de la petite vérole qui le toucha à l'âge de huit ans et comme son pas est léger, si léger qu'on dirait celui d'un danseur. Voyez encore comme il est altier, du haut de ses seize ans seulement et comme il regarde sans émotion tous ceux qui se prosternent devant lui.

Admirez maintenant la robe parsemée de pierreries que porte sa cousine, la jeune et jolie Anne Marie Louise d'Orléans. Et voyez à présent le sévère Mazarin, dans sa grande simarre de velours rouge, qui discute avec Anne d'Autriche, la reine mère, toute de velours bleu et d'hermine vêtue.

Sans doute, le voyageur aurait-il eu l'impression, après son épouvantable traversée de Paris, d'être entré au paradis si un détail n'était soudain venu retenir son attention : en queue de cet admirable cortège, entourée d'une douzaine de femmes de chambre aux bonnets et aux bustiers de ferrandine, marchait une femme si laide, si difforme, qu'on l'aurait dite tout droit sortie de l'atelier du diable. Oubliés les beaux visages, oubliés les jabots de flanelle et les parures de diamants, oubliés les stucs et les couloirs de marbre. Ne restait plus que ce front immense sur lequel pendaient de gros fils de cheveux noirs, ces yeux globuleux dont le gauche ne voyait plus rien, ce nez oblong et tordu, ces épaules affaissées et cette démarche claudicante.

Alors le voyageur aurait balbutié :

« Qui est-ce ? »

Et une marquise, devant lui, aurait murmuré :

« C'est Cateau…

— Qui ça ?

— La lavandière du postérieur de la reine. »

Mais le voyageur n'aurait pu en apprendre davantage. Car la marquise se serait tournée vers lui et, découvrant ses souliers crottés et son manteau couvert de poussière, se serait éloignée en pinçant le nez.

II

Quel dommage que le voyageur n'ait pas songé à faire brosser son costume et à se poudrer les joues avant de pénétrer dans le Louvre. Les quelques minutes perdues à arranger sa mise lui auraient permis d'apprendre de drôles de choses à propos de cette Cateau.

La marquise lui aurait dit, primo, que son vrai nom était Catherine Beauvais, secundo, qu'elle était entrée au service de la reine deux ans plus tôt sans que l'on ait jamais bien compris comment, ni grâce à qui, et, tertio, que cette immonde vieillarde n'avait même pas trente ans.

Et s'il avait voulu en savoir davantage (et était arrivé un samedi), peut-être la marquise l'aurait-elle entraîné, le soir même, chez mademoiselle de Scudéry, qui recevait chez elle, rue de Beauce, quelques-uns des plus beaux esprits du royaume.

Là, dans un charmant petit hôtel particulier débordant de tapisseries d'Aubusson et de statues d'albâtre, Paul Pellisson, le secrétaire du roi, vêtu d'un joli frac de velours vert à liséré d'argent, lui aurait dit que personne, à la Cour, ne lui parlait jamais ; Valentin Conrart, l'initiateur de l'Académie française, roulant des yeux terribles sous ses paupières fardées, lui aurait raconté que, la nuit, elle sortait régulièrement danser le sabbat avec les sorcières du cimetière des Innocents ; et la jeune et charmante madame de Sévigné, venant s'asseoir près de lui dans un petit froissement de soie des Indes, lui aurait expliqué pourquoi Mazarin, un jour d'avril 1654, l'avait bannie de la Cour.

Voilà toutes les choses qu'un peu de poudre et un bon coup de brosse lui auraient permis d'apprendre. Faute d'avoir su paraître, il rentrera chez lui sans rien pouvoir mettre que la moitié d'un nom sur cette moitié de femme. Longtemps, il gardera le souvenir dégoûté de cet extraordinaire personnage. Et s'il a une épouse et des enfants, et qu'ils l'interrogent sur les choses qu'il a vues à Paris et au Louvre, ils l'écouteront, non sans un peu d'effroi, raconter dans le détail son extraordinaire périple au pays de la beauté et de la laideur réunies.

Mais que le voyageur ne s'attriste pas trop. Même s'il avait été pris en amitié par la marquise, même s'il avait été invité rue de Beauce, l'essentiel, concernant Cateau, lui aurait échappé. Car ce que tous ces gens ignoraient, ou ne voulaient pas savoir, c'est que derrière ce corps invraisemblable se cachait une âme intelligente et sensible, que la vie et les hommes, depuis qu'elle était née, avaient pris grand plaisir à ne pas épargner.

III

Lorsque Catherine-Henriette Bellier naquit rue Saint-Honoré, le 16 août 1630, de Michel Bellier, drapier et fournisseur officiel de la Cour, et de Marie Bellier, née Chesnault, sans emploi, la première idée qui traversa l'esprit du père fut de la coudre dans un sac et d'aller la jeter dans la Seine.

Non qu'il se désolât d'avoir une fille, mais parce que jamais, sauf, peut-être, dans certaines régions de France où les hommes s'accouplent avec des bêtes, l'on n'avait vu de bébé aussi laid.

Il s'en fallut d'un rien, donc, pour que Catherine n'allât, son cordon sous le bras, rejoindre les immondices que les Parisiens jetaient dans le fleuve.

La raison pour laquelle elle survécut n'est pas claire. Pour certains, ce furent les suppliques de Marie, la mère, contrariée de voir brutalement disparaître cette chose qu'elle avait mis neuf mois à construire, qui la sauvèrent. Pour d'autres, elle ne dut de vivre qu'à l'intervention du chirurgien accoucheur qui, au moment où Michel Bellier s'en allait, son chargement sur l'épaule, expliqua que des scientifiques seraient sans doute prêts à payer très cher pour examiner cette étrange créature.

Ce qui est certain, en revanche, c'est que le père Ginout, présent ce jour-là, n'y fut pour rien, qui, voyant en elle une créature du diable, suggéra qu'on la brûle.

Or donc Catherine en réchappa, au grand bonheur, non pas des scientifiques qui, entre la peste, la petite vérole, le typhus, la dysenterie, les affections pulmonaires et autres « fièvres malignes » de leurs contemporains, avaient d'autres chats à fouetter, mais de toute la marmaille dont s'occupait une certaine Rosalie Mallard, une nourrice qui habitait une soupente crasseuse non loin du Louvre et qui, pourvu qu'on la paye, pendait à ses énormes seins toutes sortes de petits pensionnaires.

Les enfants sont des monstres. Trois ans après son arrivée chez la Mallard, Catherine était devenue le souffre-douleur de toute la maisonnée. C'était à qui lui tirerait le plus fort les cheveux, à qui lui ferait le plus de croche-pieds dans l'escalier, à qui la ferait pleurer le plus longtemps. Le jeu était d'autant plus drôle que la Mallard ne disait rien, ou très peu, et que « la chose », comme on avait pris l'habitude d'appeler Catherine, se réveillait tous les matins avec une horrible grimace. Comment ces gamins auraient-ils pu savoir que ce rictus était un sourire destiné à gagner leur clémence ? Et comment cette pauvre Catherine aurait-elle pu savoir que son sourire, en plus de lui couper le visage en deux, lui mettait autour des yeux et sur le front un tel fatras de rides qu'on eût dit une vieillarde enfermée dans le corps d'une bambine ?

Quand son père venait la voir (ce qui était rare) et qu'il la trouvait la robe déchirée, les bras et les jambes couverts d'ecchymoses, il se mettait en colère, mais c'était moins aux tortionnaires de sa fille qu'il en voulait, ou à la Mallard qui les avait laissés faire, qu'au chirurgien accoucheur qui, un jour d'août 1630, lui avait fait économiser le prix d'un sac de jute.

La parole lui vint sur le tard. Ce silence, dont on ne savait s'il était dû à un empêchement de l'action de la langue ou à de la bêtise, ajoutait au désespoir de ses parents et aux moqueries de ses camarades.

Sans doute Michel et Marie Bellier auraient-ils été heureux d'apprendre que leur fille n'était pas muette si les premiers mots qu'elle prononça, à l'âge de cinq ans, n'avaient pas été « Pute Dieu ! », qu'elle tenait de monsieur Brunet, le boucher, qui, de temps à autre, venait, contre quelques tranches de lard, se pendre, lui aussi, aux mamelles de la Mallard. Ce juron lui échappa au moment précis où Jean-Baptiste Dupuy, l'un de ses petits compagnons de jeu, lui enfonça un bâton effilé dans l'œil (il jura ne pas l'avoir fait exprès). Et peut-être aurait-elle ajouté « les couilles à Joseph » si elle ne s'était pas soudain évanouie dans une mare de sang.

Des semaines durant, Michel et Marie Bellier se relayèrent à l'église Saint-Eustache pour supplier Dieu de laisser mourir leur fille.

Mais le miracle ne se produisit pas. Et ils se demandèrent longtemps quelle faute ils avaient bien pu commettre pour mériter cela.

IV

Si Catherine survécut à cette terrible blessure qui l'éborgna pour le restant de ses jours, elle n'en fut pas moins écartée, une fois rétablie, de la tanière de la Mallard, à la demande des mères qui, ayant eu vent de son blasphème, refusèrent que leurs chérubins continuassent de fréquenter cet enfant tout tordu en lequel le diable avait élu domicile.

C'est ainsi que, à l'âge de six ans et cinq mois, en attendant qu'elle fût en âge d'être enterrée vivante dans un couvent, Catherine fut confiée à sa grand-mère paternelle : Geneviève Bellier, née Robert, qui, dans sa jeunesse, s'était occupée de préparer la bouillie du petit Louis XIII et de lui changer ses linges. L'histoire disait qu'il la confondait parfois avec sa mère. Toujours est-il qu'elle avait gardé avec lui, jusqu'à sa mort prématurée, un lien indéfectible.

Sa famille la surnommait « Mirancus » en raison de son goût immodéré des lavements. Les lavements, croyait Geneviève, à l'instar de la plupart de ses contemporains, soignaient tout : les vapeurs, les fièvres, les humeurs, les maux de tête, les rhumatismes et, bien entendu, les excès de nourriture. Car à soixante-quinze ans passés, Geneviève Bellier, malgré un estomac en berne, continuait de raffoler des poulardes, du vin d'Alsace et des gâteaux à la crème, qui faisaient ses délices lorsqu'elle travaillait à la Cour.

Cette nourriture trop abondante et trop riche qu'elle ingurgitait quasi quotidiennement « en souvenir du bon vieux temps », non contente de lui faire prendre du poids, lui provoquait des ballonnements douloureux et des vents puants que seule apaisait « l'escopette magique », comme Geneviève aimait appeler la seringue remplie de clystère que Françoise, sa servante, lui enfonçait dans le fondement, deux fois par jour.

Geneviève Bellier ne laissait à personne le soin de préparer ses liquides. Elle les concoctait dans un petit réduit sans fenêtre qu'elle avait aménagé au fond de son hôtel particulier de la rue Hautefeuille. Là, à la lueur tremblante des chandelles, plongée, bésicles sur le nez, dans cette bible lénifiante qu'était *La Pharmacopée générale* de Nicolas Pernelle, elle mettait à bouillir dans de grandes casseroles toutes sortes de potions pour soulager ses crampes d'estomac et réduire ses odorantes flatulences :

— Clystère carminatif, *propre à détacher et purger les glaires, les vents et les autres humeurs grossières du bas-ventre, à base de feuilles de mauve, de pariétaire, de mercuriale et d'origan.*

— Clystère hystérique, *propre à calmer et abaisser les vapeurs, à base d'armoise, de feuilles de mauve et de matricaire.*

— Clystère détersif, *propre à purger en arrêtant les cours de ventre, à base de miel rosat et de jaune d'œuf.*

— Clystère contre la douleur néphrétique, *propre à ouvrir les conduits de l'urine, pour guérir les coliques néphrétiques et venteuses, à base de fleurs d'hypéricon et de verge d'or.*

Pour cette vieille femme seule et souffrante, l'arrivée de Catherine fut, de prime abord, tout sauf une partie de plaisir : non contente de faire peur à Françoise, cet « horrible petit singe », comme cette dernière la surnomma aussitôt, pataugeait dans son assiette (qu'elle ne finissait jamais), s'enfuyait quand on l'approchait, disait des gros mots épouvantables et, la nuit, réveillait tout le monde à cause de ses pleurs.

Et peut-être Geneviève aurait-elle fini par la rendre à ses propriétaires ou la vendre à quelque montreur de monstres si, une nuit d'orage, Catherine n'était entrée dans sa chambre et, se glissant sous les draps, n'était venue se blottir contre elle avec ses petits pieds tout froids.

V

Il ne faudrait pas croire que tout s'arrangea d'un coup.

Longtemps encore, Catherine continua de barboter dans sa soupe et de proférer des injures. Mais, cette nuit d'orage, quelque chose s'ouvrit dans le cœur de la vieille Bellier, qui ne voulut plus se refermer. Et quand Françoise se plaignait de devoir toujours courir ou passer derrière « ce petit monstre » (elle ajoutait : « dans tous les sens du terme »), la Bellier lui tapotait la main et lui disait : « Cela viendra. »

De fait, cela vint.

Lentement, patiemment, Geneviève lui apprit à tenir une cuiller, à dire merci quand on la servait, à ne plus s'écrier « Pute Dieu ! » chaque fois qu'elle se faisait mal et à déchiffrer quelques mots de *La Pharmacopée générale* de Nicolas Pernelle.

Elle lui acheta quelques jolies robes, qui la rendaient un peu moins laide, et lui expliqua, aussi, qu'il existait un Dieu, quelque part, de l'autre côté du ciel, et que ce Dieu l'aimait, comme toutes les autres de ses créatures. Mais elle n'était pas sûre d'avoir été bien comprise.

C'est pourquoi, un dimanche, après lui avoir couvert la tête d'un châle, elle l'emmena assister à la messe à l'église Saint-Séverin.

En chemin, elle lui avait expliqué qu'elle l'emmenait « dans la maison du Bon Dieu qui aime tout le monde », qu'il lui faudrait être bien sage et qu'elle ne devrait surtout pas se fourrer les doigts dans le nez. Mais Catherine l'avait à peine écoutée. Car voilà : cette ville, dont ses parents, puis la mère Mallard, avaient toujours préféré la tenir à l'écart, venait de la happer tout entière. Elle ne savait plus où donner de l'œil, du nez, des oreilles. Ici, des marchands s'injuriaient dans une agréable odeur de pain frais ; là, un chien pelé aboyait devant l'étal d'un boucher, des poules caquetaient sur un tas de paille grise, un cheval hennissait dans ses brancards, un gros monsieur donnait un sou à un pauvre, une dame bien mise, cachée par une autre, se soulageait au coin d'une rue…

Elle aurait voulu tout voir, tout sentir, tout entendre, mais chaque fois qu'elle ralentissait le pas ou qu'elle voulait s'arrêter, Geneviève la tirait par la main, « Dépêchons, dépêchons », car les cloches de Saint-Séverin s'étaient mises à sonner.

Elles traversèrent encore au pas de charge quelques rues surpeuplées d'hommes et de senteurs, longèrent une venelle si étroite qu'il suffisait d'étendre les bras pour toucher les murs et soudain, comme on passe la tête par un soupirail, elles débouchèrent devant l'église d'où montait un grand vacarme de cloches.

Mais l'affaire s'arrêta là. Car au moment où elles allaient entrer dans l'église, Catherine leva la tête pour admirer le Christ qui surplombait la porte centrale. Son châle glissa sur ses épaules. Aussitôt, des murmures montèrent autour d'elle :

« Là ! Vous avez vu ?

— Quelle horreur ! »

— On dirait une gargouille. »

Et le père Plossu, qui accueillait ses fidèles sur le seuil, l'avait vue lui aussi, et il s'était souvenu de l'histoire que lui avait un jour racontée son confrère, le défunt père Ginout, d'une enfant de sa paroisse née si laide qu'il avait été persuadé qu'elle sortait de l'atelier du diable.

Tous ces gens, oubliant l'appel tonitruant des cloches, faisaient maintenant cercle autour de Catherine. Certains étaient si près qu'elle voyait les poils qui leur sortaient du nez et sentait la puanteur de leur bouche.

« C'est pas ici que tu devrais être, petite. C'est à la foire aux monstres de Saint-Germain !

— Ou dans une ménagerie.

— Oh ! Oh ! »

C'était comme un cauchemar dont on ne peut sortir. Elle s'était soudain sentie tirée par le bras : Geneviève l'entraînait loin de la foule.

Cette mésaventure eut au moins un mérite : celui de rapprocher encore un peu plus la grand-mère et la petite-fille. Le soir, Geneviève venait s'asseoir sur le bord du lit de Catherine et, pour l'aider à s'endormir, faute de savoir d'autres histoires, lui racontait ce qu'avait été sa vie. Elle lui décrivait les lieux où elle avait vécu, du temps qu'elle s'occupait de changer les linges du roi : le château de Fontainebleau, une grande maison de fées perdue au fond d'un parc immense, et celui de Saint-Germain-en-Laye, tout couvert d'or et de marbre, où la Cour avait migré peu après la naissance du Dauphin.

Elle racontait aussi comment, tous les matins, elle frottait le corps du futur Louis XIII de beurre et d'huile d'amande douce ; ou encore, comment, une nuit, alors qu'il avait deux ans, déjouant la surveillance de sa gouvernante, il était venu s'allonger contre elle, avec ses petits pieds tout froids, lui disant : « I sent bon en votre lit, Bella (c'est le surnom qu'il lui avait donné, il donnait des surnoms à tout le monde) ; i sent la poudre de violette. »

Et puis, l'horloge du salon sonnait dix coups. Geneviève regardait avec tendresse l'étrange petite-fille que la providence lui avait donnée.

« Encore… Encore… suppliait Catherine.

— Il est tard. Je te dirai la suite demain. »

Elle l'embrassait, soufflait la chandelle, fermait la porte, et Catherine s'endormait avec, sur le front, le souvenir d'un baiser et, dans l'âme, celui de grandes maisons tout en or au milieu desquelles courait un enfant que tout le monde aimait.

VI

Parfois, le dimanche, Michel et Marie Bellier venaient faire une visite, sourire aux lèvres et paquet de friandises sous le bras. Chaque fois, ils craignaient que Geneviève veuille leur rendre l'enfant. Chaque fois, Geneviève tremblait à l'idée qu'ils veuillent la lui reprendre.

« Catherine va bien ?

— Elle doit être en haut, dans sa chambre. Je vais la faire appeler. »

Françoise montait.

Catherine ne descendait jamais.

Et tout le monde y trouvait son compte.

Les progrès de Catherine ne s'arrêtèrent pas là. C'était comme si son intelligence avait attendu un nid et quelques caresses pour éclore.

À dix ans, elle savait lire, écrire et compter.

À treize ans, elle piochait tous les soirs un livre nouveau dans la grande bibliothèque de Geneviève.

À quatorze ans, tombant sur le *Manuel* d'Épictète et découvrant qu'il est des choses, dans la vie, contre lesquelles il est vain de lutter, elle renonçait à se faire des grimaces devant la glace pour tenter de remettre à l'endroit cette figure que Dieu lui avait faite à l'envers.

À quinze ans, elle se passionnait pour les jeux de cartes et, profitant d'une mémoire exceptionnelle ainsi que de l'étrange configuration de ses mains, elle trichait mieux que Pimentel et Bassompierre, ces deux scélérats qui, durant l'année 1608, détroussèrent le bon roi Henri IV de plus de sept cent mille écus.

À seize ans, elle était initiée par Geneviève aux mystères des intestins et des clystères.

À dix-sept ans, elle connaissait par cœur *La Pharmacopée générale* de Nicolas Pernelle.

À dix-huit ans, en 1649, tandis que la France s'enfonçait dans la Fronde aux cris de « À bas l'impôt ! À mort Mazarin ! », elle mettait au point toutes sortes de liquides qui, s'ils n'avaient pas été réservés au seul derrière de sa grand-mère, auraient, bien avant l'heure, fait le bonheur de l'humanité tout entière.

À dix-huit ans, encore, découvrant les pièces de Corneille et les poèmes de Ronsard, elle se demandait : « Pourquoi les auteurs ne parlent-ils jamais des affaires du ventre ? Pourquoi ne s'intéressent-ils pas à cette formidable machine qui, lorsqu'elle se met à dysfonctionner, est capable de jeter le plus vaillant des chevaliers à bas de sa monture et de transformer la plus inspirante des muses en vulgaire sac à merde ? »

À dix-neuf ans, elle soignait les ulcères variqueux de Françoise, contre lesquels il n'existait alors aucun traitement, et, étudiant les selles de Geneviève, elle réalisait un nuancier qui lui permettait d'établir des diagnostics d'une précision redoutable : « Une matière très verte indique une surabondance de bile ; le vert de Prusse est signe d'anémie ; le moiré traduit une faiblesse de l'estomac ; le beige argile, une irritation du côlon… »

À vingt ans, elle avait achevé de lire tous les livres de la bibliothèque et, le nez collé à la vitre de l'œil-de-bœuf du grenier, rêvait de la ville qui s'étendait à ses pieds comme la larve du moustique rêve du soleil, enfermée dans son œuf. Et Geneviève, sentant qu'elle voulait partir, s'inquiétait pour l'avenir de sa petite-fille.

Voilà pourquoi, un matin de janvier 1651, la brave Geneviève mit son fichu et, s'appuyant sur sa canne, s'en alla, de l'autre côté de la Seine, trouver madame Saint-Roch, une ancienne blanchisseuse qui, contre quelques écus, regardait l'avenir dans une boule de cristal un peu sale.

« Je vois… lui dit madame Saint-Roch en faisant des passes au-dessus de sa boule. Je vois… de l'argent… beaucoup d'argent…

— Ah ! fit Geneviève, dont le visage s'éclaircit. Et quoi d'autre ?

— Un carrosse…

— Un carrosse ? Bien… Quoi encore ?

— Des palais… Des toilettes somptueuses…

— De mieux en mieux ! Et puis ?

— Je ne suis pas sûre…

— Dites toujours !

— Eh bien, on dirait…

— Quoi ? La gloire ? L'Académie ?

— Non. Un mari. »

VII

Ce n'est pas la folie qui poussa Pierre Beauvais à épouser Catherine le 23 mars 1652. Ni un goût particulier pour les extravagances que la nature est capable de produire. Cet ami des époux Bellier, qui tenait une petite boutique de rubans non loin de la place des Vosges, crut, en passant la bague au doigt de Catherine, que Michel, en sa qualité de fournisseur de la Cour, l'aiderait à franchir les portes des maisons royales.

Au début, tout le monde se félicita de cette union (sauf la pauvre Geneviève sur laquelle la solitude retomba comme un couvercle de cercueil) : les parents Bellier se réjouissaient d'avoir déniché un imbécile pour épouser leur fille, Catherine de découvrir le monde et Pierre Beauvais de voir, jour après jour, croître le nombre de ses clients. Quelques semaines seulement après son mariage, on se pressait d'un peu partout pour venir admirer la superbe horreur qu'il avait installée derrière son comptoir. Et comme on se déplaçait parfois de fort loin, à moins qu'il ne se fût agi que de garder un souvenir de cette extraordinaire visite, on repartait souvent avec un petit sac de rubans ou de dentelles que l'on exhibait plus tard devant les amis en disant qu'ils venaient de « chez la monstre ».

Bien sûr, Catherine n'ignorait rien des murmures qui montaient derrière son dos. Bien sûr, elle en souffrait. Mais elle pensait : « N'est-ce pas le prix à payer pour être enfin dans le monde ? » Et puis il lui suffisait de s'enfermer dans l'arrière-boutique, où étaient entreposés les tissus, pour tout oublier de ces gens qui se moquaient d'elle.

Chaque fois qu'elle pénétrait dans la pièce, elle plongeait dans un monde assourdi de textures, d'odeurs, de couleurs qui lui faisaient tourner la tête : mousselines vaporeuses de soie blanche, taffetas brodés de fils d'or, cotons matelassés vert forêt, velours garnis de cristaux colorés, pannes roses à poils unis…

Il ne lui fallut que quelques jours pour connaître le nom de chacune des étoffes dont se servait son mari, pour reconnaître les matières au seul toucher, pour distinguer toutes les nuances de couleurs, jusqu'aux plus subtiles comme celles qui séparent le carmin de l'amarante, l'opalin du lunaire, le soufre de la topaze.

Et, déjà, elle commençait à s'ennuyer.

Celui qui ne s'ennuyait pas, c'était Pierre Beauvais. En plus de faire apposer une enseigne à l'effigie de Catherine au-dessus de sa porte, il fit repeindre la façade de sa boutique en rose tendre et les murs intérieurs en vert pomme. Il changea également le vieux comptoir, fit revernir la grande table en chêne sur laquelle il présentait les tissus, remplaça la clochette d'entrée par un joli petit carillon doré et entama des pourparlers avec son voisin, monsieur Péret, le marchand de graines, pour lui racheter son local.

« Là, vous voyez, Péret, il me suffirait d'ouvrir ce mur pour que les deux boutiques communiquent… »

Les discussions étaient rares entre Catherine et Pierre. Comment aurait-il pu en être autrement au sein de ce couple où le mari croyait que sa femme était bête et où la femme savait que son mari l'était ?

Un soir, elle avait tenté de l'emmener sur le terrain de la littérature. Elle lui avait parlé d'Épictète, d'Homère, de Virgile, mais lui avait haussé les épaules.

« On taille pas des rubans avec des livres. »

De ce jour, au dîner comme au souper, l'on n'entendit plus que le bruit des cuillers qui raclaient le fond des assiettes. Le soir, après un maigre « Bonne nuit », Pierre s'endormait dans son lit en comptant ses écus et Catherine, dans le sien, en rêvant d'ailleurs.

Catherine se sentait d'autant plus à l'étroit dans cette vie qu'il lui arrivait de surprendre des bribes de conversation entre son mari et les clients. C'était comme autant de petites lucarnes qui s'entrouvraient sur la grandeur du monde.

« Hier, je suis allé au théâtre du Marais, Beauvais.

— Voir quoi ?

— *Pertharite, roi des Lombards.*

— Jamais entendu parler. C'est de qui ?
— Corneille.
— Comme l'oiseau ? »

« Mazarin va augmenter les impôts.
— Encore ? Salaud d'Italien ! Depuis quand confie-t-on les rênes d'un pays comme la France à un étranger ?
— On dit qu'il couche avec la reine.
— Salope d'Espagnole. »

« Retz a été arrêté et enfermé à Vincennes.
— Qui ça ?
— Le cardinal de Retz. L'un des principaux meneurs de la Fronde.
— …
— Allons, Beauvais, ne me dites pas que vous ne le connaissez pas ! Gondi, le grand ennemi de Mazarin… Celui qui rêvait de prendre sa place…
— Ça me dit vaguement quelque chose.
— Vous devriez parfois sortir de votre boutique, Beauvais.
— Oh, vous savez, moi, la politique… »

Heureusement, il y avait Geneviève. Une fois par semaine, elle poussait la porte de la boutique et, clients ou pas, emmenait Catherine marcher dans Paris. Leurs pas les conduisaient indifféremment sur les bords de Seine, sur le parvis de Notre-Dame, du côté des Halles (qui a pratiqué la promenade auprès d'un être aimé sait que le but du voyage importe peu : seul compte le goût du présent partagé). Durant ces quelques heures,

Catherine oubliait son mari, Geneviève sa solitude. Elles discutaient de tout, de rien, du temps qu'il avait fait la veille, d'un livre qu'elles avaient lu, d'une recette de cuisine ou de clystère.

Quand venait le moment de se quitter, Geneviève posait la main sur le bras de sa petite-fille toute triste et, se rappelant les mots de madame Saint-Roch, lui souriait doucement : « Sois patiente. Je suis sûre qu'une autre vie t'attend. »

VIII

Si Pierre Beauvais était devenu plus riche qu'il n'aurait jamais pu l'imaginer, cela ne l'empêchait pas de ronchonner. Cette opulence ne lui suffisait pas. Ce qu'il voulait, c'était prendre la place de Jean-Baptiste Fabregue, le premier fournisseur de rubans du palais.

Celui-ci tenait une superbe boutique sur le pont Notre-Dame qui menait à l'île de la Cité et où s'entassait alors une soixantaine de maisons cossues dont les façades de pierre claire s'ornaient de grands termes d'hommes et de femmes et de portraits de rois.

Souvent, Pierre Beauvais mettait son chapeau à large bord et s'en allait rêver devant la vitrine de monsieur Fabregue. On aurait dit une grande boîte à bonbons, tant l'intérieur était rempli de tissus variés et multicolores : soies écarlates, étamines bleu d'enfer, siamoises cramoisies, indiennes bleu mignon… Mais son émerveillement durait peu. Car au milieu de tous ces trésors, comme une mouche posée sur un pot de miel, il y avait Fabregue. Fabregue le rutilant. Fabregue le bien nourri. Fabregue le tout-puissant, qui, tous les jours, vêtu d'or et de velours, s'en allait présenter ses rubans à la Cour. Et il y avait madame Fabregue aussi, petite, ronde, bouclée, appétissante, dont il n'était pas difficile de deviner que son mari l'avait épousée par envie et non par nécessité.

Alors, Pierre Beauvais serrait la mâchoire et les poings. Il remontait les rives boueuses de la Seine à grandes enjambées et allait tambouriner à la porte de Michel Bellier.

« Vous aviez promis de parler de moi à la Cour !

— Je l'ai fait, Pierre ! Mais Fabregue est bien installé. Ils ne veulent personne d'autre que lui. »

La colère de Pierre Beauvais redoublait. Il tapait du poing sur la table, menaçait de rendre Catherine, revenait penaud le lendemain, s'excusait, larmoyait, et Michel Bellier lui disait, en le raccompagnant à la porte :

« Soyez patient, Pierre… À la Cour, personne n'est à l'abri d'un faux pas. »

Mais le temps passait et la patience de Pierre Beauvais s'érodait. Il en voulait à la terre entière : à son beau-père qui ne faisait rien pour lui, à sa femme, si laide, à celle de Fabregue, si jolie, à cet imbécile de Péret qui ne voulait toujours pas vendre, à Fabregue, cet abruti qui n'avait pour seul mérite que d'être arrivé avant lui.

Et Catherine, le voyant se débattre ainsi, se disait que Descartes avait bien eu raison d'écrire dans ses *Passions de l'âme* : « Il n'y a aucun vice qui nuise tant à la félicité des hommes que celui de l'envie. »

Le temps passa encore. Et puis, dans cette ville de Paris où les modes s'évanouissent plus vite que les saisons, arriva le moment où les clients se lassèrent de la laideur de Catherine. Le grand panneau sur lequel Pierre

Beauvais avait écrit en lettres rouges sur fond jaune CHEZ LA MONSTRE n'y fit rien, pas plus que les affichettes DEUX RUBANS POUR LE PRIX D'UN collées sur la vitrine. Le petit carillon doré ne chanta plus qu'à cause des courants d'air. Les mousselines vaporeuses et les taffetas brodés de fils d'or prirent la poussière. Au point qu'un jour, ce fut au tour de monsieur Péret de venir dire à Pierre Beauvais avec un grand sourire :

« Là, vous voyez, Beauvais, il me suffirait d'ouvrir ce mur pour que les deux boutiques communiquent... »

La mort dans l'âme, Pierre Beauvais finit par devoir aller arpenter les rues boueuses de Paris à la recherche de clients, un coffre rempli d'étoffes et de rubans sur le ventre. Ses « promenades », comme il appelait, devant monsieur Péret, ces épuisantes courses à travers la ville, le conduisaient parfois jusque dans certaines maisons de la rue Saint-Denis où, contre quelques mauvais rubans qu'il disait venus d'Italie, il oubliait ses rêves avortés, la laideur de sa femme et l'envie qui le prenait, parfois, de se jeter dans la Seine avec tout son attirail.

IX

Pierre Beauvais croyait ne pas pouvoir tomber plus bas. Mais il y avait encore une trappe au fond de son malheur : elle s'ouvrit brusquement sous ses fesses un soir de mars 1653 lorsque François de Béthune, comte d'Orval, premier écuyer de la reine Anne d'Autriche, tout d'or et de plumes paré, fit tinter le petit carillon doré de la porte d'entrée.

« La reine, ma maîtresse, attend votre épouse au Louvre demain à onze heures. »

Pierre Beauvais ouvrit des yeux grands comme des soucoupes.

« Pardon ?

— Je dis : la reine, ma maîtresse, attend votre épouse au Louvre demain à onze heures.

— Ma femme ?

— Vous êtes bien Pierre Beauvais ?

— Oui.

— Alors votre femme.

— C'est une plaisanterie ?

— Pas du tout. »

C'est alors que Catherine passa la tête par la porte de l'arrière-boutique.

« Vous parlez de moi ? »

François de Béthune ne put s'empêcher de blêmir.

« Vous… Vous êtes madame Beauvais ?

— Pour vous servir, Monsieur.

— Ah… Eh bien… Heu… commença-t-il sans pouvoir quitter des yeux cette extraordinaire apparition. La reine vous attend au Louvre…

— Moi ?

— Heu… Oui. Vous. Demain. À onze heures.

— Qu'est-ce que c'est que cette histoire ? fit Pierre Beauvais. Et d'abord, qu'est-ce qu'elle lui veut à ma femme, la reine ?

— Je ne sais pas. Je ne suis qu'un émissaire.

— Et moi ? demanda Pierre Beauvais.

— Quoi, vous ?

— Je suis invité aussi ? »

François de Béthune jeta un œil sur son ordre de mission.

« Vous ? Ah non. Pas vous. »

Si, pour Pierre Beauvais, les raisons de cette invitation restèrent aussi mystérieuses que celles qui font que certains hommes ont des cheveux et d'autres non, Catherine ne douta pas un seul instant qu'il y avait du Geneviève Bellier là-dessous.

Quelques jours plus tôt, fatiguée de voir que les prédictions de madame Saint-Roch tardaient à se réaliser, Geneviève avait décidé d'aller donner un coup de pied au derrière du destin.

Elle avait pris le chemin du Louvre en s'appuyant sur sa canne. Cela faisait très longtemps qu'elle n'était pas retournée au palais et elle craignit, un instant, qu'on ne la reconnût point. Mais la reine et son fils la reçurent comme on accueille un membre de la famille. Louis se montra fort intéressé par les jeux et les mots d'enfants de son père. Il s'amusa beaucoup en l'écoutant raconter l'histoire de ce jour où elle avait dû le gronder parce qu'il n'arrêtait pas de montrer sa guillery à tout le monde en disant : « Regardez, elle fait pont-levis ! »

Tandis qu'elle faisait passer, devant les yeux du futur roi, la silhouette de cet enfant, l'image de sa petite-fille se morfondant dans sa boutique de rubans n'en finissait pas de la poursuivre.

Malheureusement, l'heure passait et Geneviève n'avait toujours pas trouvé la faille qui lui permettrait de parler de Catherine sans avoir l'air d'être venue pour ça. Derrière la porte, des voix montaient, impatientes. L'entretien allait prendre fin.

C'est au moment où l'on croit que tout est perdu que tout est sauvé. Un détail ouvrit enfin une brèche dans laquelle Geneviève s'engouffra. Ce détail, qui serait passé inaperçu aux yeux du plus grand nombre, ce « miracle », comme elle le raconta plus tard à Françoise, ce fut un petit rictus qu'eut la reine au moment de prendre congé. Cette grimace, Geneviève l'aurait reconnue entre mille : elle faisait la même plusieurs fois par jour.

Avant de sortir, elle glissa à l'oreille de la reine :

« J'ai peut-être quelqu'un pour vos ballonnements, Madame. »

X

On se souvint longtemps de cette première fois où l'on vit Catherine paraître à la Cour. Dans ses mémoires, madame de Montalembert a décrit la formidable impression qu'elle laissa ce jour-là : « Le 18 mars, mardi. – Hier a paru devant nous l'une des choses les plus extravagantes qu'il nous a été donné de voir : une femme si difforme, si laide, que l'on se demanda d'abord si elle ne portait pas un masque. La reine l'a reçue durant plus d'une heure. Pourquoi Sa Majesté a-t-elle fait venir auprès d'elle un tel personnage ? Que se sont-elles dit ? C'est ce que tout le monde ignore. »

Question stupéfaction, Catherine ne fut pas en reste. Jamais elle n'aurait pu imaginer qu'une telle maison existât dans le monde. Trottant derrière monsieur de Béthune, c'est à peine si elle prêta attention aux yeux qui s'écarquillaient sur son passage ; à peine si elle entendit les murmures qui montaient derrière son dos. Dans chaque angle, une statue de marbre ou d'albâtre ; dans chaque caisson, une peinture ; sur chaque cheminée, une pendule en or à cadran de diamants ; sous chaque fenêtre, une console d'acajou ou un coffre d'ébène. De l'autre côté des fenêtres, les toits de Paris faisaient comme un grand terrain vague bosselé. C'était comme se promener dans un monde en dehors du monde ; une île de beauté perdue au cœur d'un gigantesque océan de boue.

Enfin, ils arrivèrent devant une grande porte en bronze, que deux gardes médusés par l'apparition de Catherine ouvrirent aussitôt, et pénétrèrent dans une immense pièce que monsieur de Béthune expliqua être le grand cabinet de la reine.

« Asseyez-vous là, fit-il en désignant un petit fauteuil de velours rouge. Quelqu'un va venir vous chercher. »

Plusieurs minutes passèrent durant lesquelles Catherine, restée seule au milieu des marbres et des dorures, eut l'impression d'être comme un chien dans un jeu de quilles.

« Heu... Si vous voulez bien me suivre... »

Toute à ses réflexions, elle n'avait pas entendu qu'une porte s'ouvrait. Un huissier en livrée cousue de fils d'or et d'argent se tenait devant elle, les yeux agrandis par la surprise.

La reine ne put s'empêcher de blêmir, elle aussi, lorsqu'elle vit paraître la petite-fille de Geneviève Bellier. Mais comme elle avait, depuis longtemps, appris à faire bonne figure devant tous ses sujets, même les plus épouvantables d'entre eux, et comme celui-ci, de surcroît, possédait peut-être les moyens de lui faire dégonfler le ventre (voilà ce qui arrive lorsque, trois fois par jour, malgré l'avis de son médecin, l'on se bourre de saucisses, de côtelettes et de pain bouilli), sa grimace se transforma vite en sourire.

« Ah, Catherine ! s'exclama-t-elle. Je suis si heureuse de vous rencontrer… Votre grand-mère m'a dit qu'elle vous avait initiée à l'art des clystères et que vous possédiez, en ce domaine, de formidables qualités. Est-ce vrai ?

— Heu… Oui, Madame », bredouilla Catherine, impressionnée de se retrouver en face de la première dame du royaume.

Assistée d'Antoine Vallot, le premier médecin de la Cour, un petit homme dont la tête faisait penser à celle d'un épagneul, Anne d'Autriche entreprit de l'interroger sur ses connaissances.

Pressentant que se jouait là son avenir, se disant que le corps de la reine était fait comme celui de madame Tout-le-monde, Catherine reprit esprits et assurance. Quelques minutes après le début de l'entretien, c'est elle qui menait l'échange.

Elle demanda à la reine de lui préciser la nature exacte de ses maux, questionna Vallot sur les formules de ses médications, préconisa de remplacer l'euphorbe par du mélilot dans les cas de constipation prolongée, se permit de douter des vertus des poudres d'écrevisse et des raclures de corne de cerf, suggéra d'utiliser la cardamome plutôt que l'astragale pour apaiser les diarrhées, cita Euripide qui disait que « le ventre est le plus grand de tous les dieux[1] » et, lorsqu'elle eut fini de parler, la reine et son médecin la regardèrent avec des yeux ronds.

XI

« Alors ? » demanda Pierre Beauvais en se retournant aussitôt que retentit le petit carillon doré. Il venait à l'instant de rentrer d'une « promenade ». Les bretelles de sa boîte lui avaient imprimé deux grandes bandes de sueur noire dans le dos. Il puait le vin.

« Alors, je commence demain, fit Catherine en dégrafant le fichu de soie rose qui lui serrait le cou.

— Tu commences quoi, demain ?

— À travailler pour la reine. C'est grâce à Geneviève. »

Il la regarda de haut en bas avant de disparaître dans le cagibi où il rangeait ses flacons de vin.

« Cette salope s'est lassée de ses nains ?

— Pardon ?

— Et tu vas faire quoi ? fit Pierre en réapparaissant avec une bouteille et un verre. Tu sais rien faire.

— J'ai juré de ne rien dire. »

Il haussa les épaules.

« Et moi ?

— Quoi, toi ?

— Tu leur as parlé de moi ? »

Catherine regarda avec mépris ce petit homme au teint jaune, cet homme qui ne serait jamais rien, et elle décida de l'écraser encore un peu plus.

« Oui. J'ai vu Fabregue.

— Fabregue ! Et alors ?

— Alors, je lui ai dit que tu allais prendre sa place.

— Bravo ! fit Pierre en levant son verre. Et ?

— Il a tellement ri que j'ai cru qu'il allait s'étouffer. Ah, et puis je vais loger au palais. »

Le lendemain matin, Catherine prenait ses maigres affaires et partait s'installer au Louvre. En chemin, elle s'arrêta chez Geneviève, qui l'accueillit dans sa chambre, l'escopette magique plantée dans le fondement. Elle se contenta de sourire lorsque Catherine la remercia de son aide, elle lui fit jurer de toujours rester auprès de la reine, quoi qu'il arrive et, avant qu'elle ne parte, lui offrit le petit diamant aux reflets multicolores que Louis XIII lui avait donné un jour pour s'être si bien occupée de lui, ainsi que son exemplaire de *La Pharmacopée générale* agrémenté de cette dédicace : *Pour Catherine. Pour son entrée dans le grand monde par la petite porte*.

XII

Durant les premiers jours qu'elle passa à la Cour, Catherine eut l'impression de vivre au paradis. Sans doute la plupart des courtisans continuaient-ils de murmurer et de se retourner sur son passage, mais leur dégoût affiché était compensé par la beauté du palais que monsieur de Béthune avait été chargé de lui faire découvrir. La grande galerie, avec ses quatre-vingt-seize croisées et sa centaine de peintures qui figuraient les plus belles villes de France, la stupéfia. Les voûtes peintes à fresque et ornées de stucs de la salle de Mécène l'enchantèrent. Dans la salle des fêtes, les cariatides à demi nues lui firent penser à des déesses volages qu'un dieu jaloux aurait figées dans la pierre. Et tandis qu'elle claudiquait au milieu de toutes ces merveilles, elle s'étonnait que sa vie auprès de Pierre Beauvais ne fût déjà plus, dans sa mémoire, qu'un point minuscule d'où remontaient quelques images brouillées et insignifiantes.

Un matin, monsieur de Béthune l'entraîna dans un immense couloir de marbre rose où étaient exposés les portraits en pied de vingt-cinq personnages « dont l'Histoire retiendra les noms à tout jamais » (de fait, comment oublier le cardinal d'Amboise, Olivier de Clisson, Jean Le Meingre, Charles de Cossé, Blaise de Monluc ou encore l'abbé Suger ?). Un cri leur fit brusquement tourner la tête : « Place ! Place ! »

Catherine eut juste le temps de voir passer une silhouette vêtue de rouge, encadrée de gardes en armes.

« Qui est-ce ? demanda-t-elle.

— Un homme qui, un jour, aura son portrait dans cette pièce, répondit monsieur de Béthune, dont les yeux restaient fixés sur la porte derrière laquelle l'homme et son escorte avaient disparu : le cardinal Mazarin. »

XIII

L'installation de Catherine au palais fit grincer bien des dents. À commencer par celles, toutes jaunes, de Marie Catherine de La Rochefoucauld, la première dame d'honneur, qui ne comprenait pas comment cette créature sortie de nulle part pouvait s'occuper de la reine au même titre qu'elle qui avait sacrifié sa jeunesse à apprendre à faire la révérence et à servir, et celles, irrégulières, de Julie de Saint-Bris, qui, jusqu'alors, était chargée d'administrer à Sa Majesté les clystères préparés par Antoine Vallot. Ce n'était pas tant de ne plus laver les intestins d'Anne d'Autriche qu'elle regrettait que le petit commerce auquel elle avait pris coutume de se livrer avec certaines courtisanes qui, convaincues que la Vierge Marie se cachait dans le corps de la reine, lui achetaient à prix d'or les linges souillés qu'elle rapportait de ses séances.

Il en fut un autre qui vit d'un très mauvais œil l'arrivée de Catherine : le cardinal Mazarin. Comment, avec sa silhouette et son épouvantable figure, aurait-elle pu trouver grâce aux yeux de cet homme qui, comme pour se consoler de la laideur du monde et la tenir à distance, passait des heures à se préparer devant son miroir avant de paraître, des journées à repenser l'aménagement du palais et engloutissait des millions de livres pour remplir son immense hôtel particulier de la rue Vivienne de peintures des meilleurs artistes du temps, de tapisseries rehaussées d'or et d'argent, de vases de jaspe et d'albâtre, de statues de marbre venues d'Italie et de grandes tables de porphyre ?

Trois jours seulement après l'arrivée de Catherine, il tâchait de convaincre la reine de se débarrasser de cette créature qui venait jeter une sombre lumière sur l'univers que, patiemment, dispendieusement, il se construisait comme d'autres bâtissent des châteaux en Espagne.

« Ne pourriez-vous pas vous attacher les services d'une apothicaire moins repoussante ? »

Quant au reste de la Cour, il n'en finissait pas de s'interroger. Chez mademoiselle de Scudéry, surtout, les discussions allaient bon train.

« Je suis convaincu, disait Paul Pellisson en lissant sa petite moustache, que la reine a pris cette horreur à son service pour se consoler de n'être plus si belle.

— En tout cas, disait monsieur de Pomponne, la main négligemment posée sur le linteau de la cheminée, nous avons, en la regardant, une preuve éblouissante de la puissance créatrice de Dieu.

— Ou de celle du diable » se signait madame de Sévigné qui se rappelait avoir lu quelque part que la laideur est la traduction physique des vices de l'âme.

Au cours de ces soirées, il n'y avait que Samuel Isarn, le poète, et Robert Nanteuil, le peintre, pour prendre la défense de Catherine. Le premier parce qu'il disait que cette grotesque créature allait lui inspirer de magnifiques sonnets sur la laideur, le second parce qu'il expliquait qu'il lui suffirait désormais, pour réaliser de beaux portraits de femmes, de la prendre pour modèle et de faire exactement l'inverse.

Comment de si fins et lettrés personnages pouvaient-ils se laisser aller à aborder un sujet aussi trivial que futile ? Si l'on avait interrogé monsieur Pellisson, il aurait répondu que les grands esprits ont parfois besoin, après avoir passé la journée à respirer l'air raréfié des hauteurs où leur intelligence les a menés, de redescendre un peu sur terre pour y reprendre leur souffle. Admettons.

Toujours est-il qu'au bout d'un moment, ces beaux esprits, suffisamment ventilés, repartaient vers les sommets. Monsieur Conrart tirait une liasse de feuillets de sa poche, ajustait ses bésicles, se raclait la gorge et, face à la petite assemblée attentive, lisait quelques pages du grand récit qu'il préparait alors sur la Fronde. Cela faisait : « *Toute la nuit, il y eut encore des habitants de tués, et jusqu'au mardi matin il en fut pour le moins rapporté deux cents. Plusieurs compagnons de métier étant sortis avec leurs manteaux et sans armes, furent tués et blessés comme les autres*[2]. »

L'on ne pouvait, en entendant ces mots, se retenir d'être ému. Personne n'avait oublié ces quatre terribles années durant lesquelles la France, privée de son roi, mort dévoré vivant par les vers, avait ressemblé à un poulet sans tête.

« Et cet opportuniste de cardinal de Retz, demandait monsieur Pellisson, vous vous le rappelez ? »

Bien sûr que tout le monde se souvenait de lui et de la lutte immense qui l'avait opposé à Mazarin. Comment aurait-on pu oublier la guerre fratricide que s'étaient livrée ces deux féroces Italiens, l'un pour conserver le pouvoir, l'autre pour le lui prendre ?

« Quand je pense que nous pourrions être aujourd'hui sous la coupe de ce prêtre sans âme, frissonnait monsieur Conrart.

— Sans âme, sans âme... bougonnait madame de Sévigné qui, bien qu'elle s'en cachât, avait toujours éprouvé de la sympathie pour Retz.

— Parfaitement, Madame. Sans âme. À moins que vous ne considériez qu'un janséniste puisse en avoir une…

— J'ai ouï dire que Mazarin l'avait récemment fait transférer au château de Nantes. Je crois que nous n'entendrons plus jamais parler de lui.

— Puissions-nous aussi être bientôt débarrassés de cette horrible Catherine, soupirait mademoiselle de Scudéry qui, épuisée par les journées qu'elle passait alors à écrire sa *Clélie*, tardait souvent, le soir, à reprendre le chemin des cimes.

XIV

La reine avait installé Catherine dans une chambre attenante à ses appartements. C'était une pièce percée d'une grande fenêtre qui donnait sur la Seine, aux lambris couverts d'or et au plafond décoré d'une jolie peinture qui représentait des angelots bouffis soufflant dans des trompettes.

Elle lui avait également fait aménager un laboratoire dans les sous-sols du palais, un réduit rempli d'instruments et de livres de médecine qui auraient fait la joie de Nicolas Flamel et où Antoine Vallot venait parfois la rejoindre.

De tous les membres de la Cour, il était bien le seul à ne prêter aucune attention à l'apparence de Catherine. Si on lui en avait demandé la raison, il aurait répondu dans son bel accent du Sud-Est (il était d'Arles) : « Le médecin que je suis a, depuis longtemps, appris à ne plus s'étonner des étrangetés de la nature. » Mais ce qu'il se serait bien gardé de dire c'est que s'il descendait retrouver Catherine dans son laboratoire, c'était parce qu'elle possédait des connaissances qu'il n'avait pas et qu'il brûlait d'acquérir. Quand lui se contentait d'appliquer les traitements qu'il avait appris dans des livres ou auprès de professeurs qui, depuis des siècles, se passaient les mêmes recettes, Catherine, elle, laissait souvent parler son imagination. Son audace n'en finissait pas de le surprendre. Elle remplaçait l'euphorbe par l'astragale, le sureau par le calendula, mélangeait l'achillée mille-feuille à l'eucalyptus, ajoutait des pincées d'aconit ou de belladone à ses préparations et, sans se soucier des conséquences, expérimentait sur elle-même le résultat de ses étonnants mélanges.

Si, la plupart du temps, les concoctions qu'elle mettait au point étaient d'une redoutable efficacité, il arrivait qu'elles lui occasionnassent tantôt des constipations opiniâtres, tantôt des diarrhées abondantes, tantôt, encore, de violentes crises de météorisme abdominal. Contrairement à ce que pensait Vallot, ce n'était pas le goût de la science qui la poussait à mettre sa vie ainsi en danger, ni le désir de se faire bien voir de la reine. C'était le bonheur de penser que son corps, qu'elle avait si longtemps cru juste bon à donner aux chiens, avait enfin une utilité en ce monde.

Geneviève écrivit. Une violente crise de rhumatismes l'empêchait de venir au Louvre. Ses clystères n'ayant pu la soulager, elle s'apprêtait, sur les conseils du médecin qui l'avait auscultée, à aller prendre les eaux à Bourbon-l'Archambault, dans le centre de la France. Elle voulait savoir, avant de partir, comment la Cour l'avait accueillie, si la reine était contente de ses services, si la nourriture était bonne et abondante. Lorsqu'elle reçut la réponse de Catherine qui lui disait que tout allait très bien, sinon que les courtisans, parfois, la regardaient avec un drôle d'œil, elle s'empressa de lui envoyer ces quelques lignes :

> Aussitôt que je serai rentrée, vraisemblablement vers la fin du mois d'août, je viendrai te voir au palais. En attendant, fais comme ce brave Diogène enfermé dans son tonneau : vis sans te préoccuper de ce que les autres pensent de toi.

Des deux lavements quotidiens que Catherine avait été chargée d'administrer à Anne d'Autriche, ceux du soir devinrent vite ses préférés. Vers vingt-trois heures, au moment où, dans les grands couloirs, les pages achevaient de moucher les chandelles, elle gagnait les appartements de Sa Majesté qui, déjà déshabillée par les femmes de chambre, l'attendait allongée à moitié nue sur le lit.

La vision de cette croupe laiteuse nimbée de la clarté des candélabres faisait chaque fois naître en elle un trouble particulier. Que l'on n'aille pas se méprendre : Catherine n'éprouva jamais aucune attirance physique pour la reine. Ce qui l'émouvait, la bouleversait, même, c'était de voir cette femme si redoutée de tous durant la journée, débarrassée des masques que son titre lui commandait de porter.

« Eh bien, Cateau, faisait la reine dans un soupir d'abandon et en repliant les jambes. Commençons. »

La durée du bain variait en fonction de la lotion administrée. Vingt minutes pour un clystère carminatif ; trente pour un clystère détersif ; à peine quinze pour un clystère contre la douleur néphrétique. Durant la macération,

Catherine massait doucement l'abdomen de la reine afin de bien brasser le liquide dans les intestins. C'était chaque fois, pour elle, une étrange émotion que de palper ce ventre, ce tabernacle, où le roi avait autrefois séjourné. Une douleur aussi. Car, songeant à la beauté de cet être qu'elle croisait parfois au détour d'un couloir ou dans les allées du jardin, tout environné de courtisans emplumés et caquetants, elle ne pouvait s'empêcher de se demander pourquoi Dieu lui avait fait, à elle, une figure pareille.

Enfin, les quinze, vingt ou trente minutes passées, la reine s'accroupissait sur une grande cuvette de faïence blanche et, les genoux contre la poitrine, évacuait un liquide dont Catherine s'empressait d'étudier la couleur afin d'établir un diagnostic.

Et tandis qu'elle faisait s'iriser le liquide sous la flamme d'une bougie, elle se consolait de sa laideur en s'émerveillant de sa médecine, qui donnait une voix à tous ces organes que le destin avait condamnés à la nuit.

XV

Les premiers mois passèrent durant lesquels les mauvaises langues du palais s'en donnèrent à cœur joie. Chez mademoiselle de Scudéry, les partisans d'Ambroise Paré se disputaient maintenant pour savoir si la difformité de Catherine était due à la corruption de la semence de son père ou à l'indisposition de la matrice de sa mère ; madame de Sévigné affirmait qu'elle n'avait, en guise de visage, qu'un miroir dans lequel se reflétait celui du démon et les poètes du sérail se laissaient aller à quelques facilités dont ils se gardaient bien de dire qu'elles leur avaient demandé des heures de travail :

« Vous qu'on ne peut assez louer
Et que le ciel voulut douer
De vertus, d'appas et d'adresse,
Que votre sort me semble doux
Voyant qu'une grande princesse
Ne saurait se passer de vous.

Il faut bien que dans ses besoins
Elle ait éprouvé que vos soins

Lui sont tout à fait nécessaires,
Puisqu'on tient même pour certain
Qu'elle ne fait point ses affaires
Que quand vous y mettez la main[3]. »

Bientôt, le dégoût et la moquerie ne furent plus les seules muses à inspirer ces gens. L'âme des courtisans est ainsi faite qu'elle croit toujours qu'on lui cache quelque chose. À force de voir Catherine s'enfermer seule à seule avec la reine, l'on finit par être convaincu que, durant ces séances où elle se faisait purger les entrailles, la reine remplissait les oreilles de son épouvantail de confidences plus croustillantes les unes que les autres. Comme disait madame de Sévigné en agitant son éventail : « Je suis certaine que cette chose en sait autant sur l'âme de la reine qu'elle en sait sur son cul. »

Surmontant leur répulsion, messieurs Nanteuil et Isarn approchèrent Catherine dans l'espoir de se faire raconter quelques-unes de ces formidables messes basses. Était-il vrai que la reine, pour ses ballerines, ne jurait plus que par les modèles signés Antoine Grisard ? Que Mazarin et Fouquet, le tout nouveau surintendant des Finances, réfléchissaient à lever de nouveaux impôts pour supporter l'effort de guerre contre les Espagnols, au risque de provoquer une nouvelle Fronde ? Que Louis Dieudonné avait attrapé un rhume ?

« Alors ? demanda-t-on à ces braves qui avaient eu le courage d'aller parler à "la chose".

— Rien. C'est à peine si elle a fait attention à nous. »

Que cette femme si laide qui s'occupait de tâches si basses les regardât de si haut ajoutait à leur mépris.

Si Catherine n'avait rien dit, ce n'était pas seulement parce que ces deux messieurs qui étaient soudain venus tournoyer autour d'elle dans leurs beaux costumes de velours sombre l'avaient impressionnée. C'était aussi, d'abord, parce qu'elle avait juré, au moment de prendre ses fonctions, de ne jamais rien divulguer des discussions qu'elle pourrait avoir avec la reine. Sans compter le fait qu'elle ne savait rien. Jamais, durant les séances de soins, la reine ne lui parlait des affaires du royaume : ce n'est pas parce que l'on montre son derrière à son médecin que l'on est obligé de tout lui dire. Tout au plus se laissait-elle parfois aller à parler de Valladolid, la ville « remplie de soleil » où elle était née et qui lui manquait, ou à réciter des bribes de poèmes en espagnol auxquels Catherine ne comprenait goutte mais dont les sonorités teintées de joie triste l'enchantaient.

Il n'empêche : de ce jour, il lui arriva régulièrement de trouver des billets glissés sous sa porte. C'étaient des gros mots, des insultes, des dessins obscènes, des poèmes remplis de menaces à peine voilées :

Par là vous êtes bien en Cour,
C'est ce qui fait que chaque jour
La Reine vous retient au Louvre,
Et qu'un chacun étant couché,
Fort souvent elle vous découvre
Ce qu'elle tient de plus caché.

Vous devez pourtant redouter
Qu'une autre pour vous supplanter
Ne vous dresse enfin quelque piège,

Car les esprits seront jaloux
Qu'une Reine vous offre un siège
Lorsqu'elle vous voit à genoux[4].

Toute cette violence mise en mots ou en images l'emplissait autant de colère que de tristesse.

La reine, mise au courant de ces attaques, fit appeler Catherine et, devant elle, entra dans une rage folle.

« Je ne tolérerai pas que l'on se permette d'attaquer les gens de ma maison ! Je vais faire mener une enquête. »

Mais, au grand désappointement de Catherine, soit que les policiers de la reine mirent peu de cœur à l'ouvrage, soit que les amis de mademoiselle de Scudéry furent plus malins qu'eux, cette enquête ne donna rien.

Au moins les lettres que Geneviève lui envoyait de Bourbon-l'Archambault lui mettaient-elles un peu de baume au cœur. Cette cure, écrivait-elle, lui faisait le plus grand bien. Elle passait des heures à barboter dans des trous remplis d'eau chaude, se réjouissait de voir ses membres regagner peu à peu de leur souplesse, allait copieusement à la selle tous les matins, jouait aux cartes avec Françoise, lisait et, le dimanche, assistait aux sermons d'un curé qui possédait sur l'organisation du ciel des chiffres d'une précision étonnante :

> Sais-tu ce qu'il nous a appris hier ? Que soixante mille hommes meurent chaque jour dans le monde et que, sur ces soixante mille âmes, il n'en est qu'une à qui soient accordées les grâces du Seigneur. Les autres ? Trois sont destinées au purgatoire, cinquante-neuf mille neuf cent quatre-vingt-seize à l'enfer. Je ne sais pas

si j'irai au paradis. Tout ce que je sais, c'est que j'aurai fait de mon mieux. Il me tarde de te retrouver. Je serai de retour début septembre. D'ici là, prends soin de toi. Ta grand-mère.

XVI

Catherine crut que les courtisans allaient finir, sinon par l'aimer, du moins par se faire à sa présence. Mais le temps passa, et rien ne changea. Longtemps, trois choses l'aidèrent à supporter leurs injures et leurs murmures.

La première, c'était l'idée qu'elle faisait du bien à quelqu'un.

La seconde, c'était la beauté des airs de Jean de Cambefort, le surintendant de la musique du roi. Une fois par mois, toute la Cour se réunissait au grand complet dans la salle des Cariatides pour écouter les dernières compositions du maître. Cachée derrière une tenture, Catherine n'en perdait pas une miette. Durant ces heures où les notes remplissaient tout l'espace, où les voix, les violes et les gambes rivalisaient d'harmonies, elle oubliait son corps contrefait et la cruauté de ses contemporains. C'était comme partir pour un pays sans pesanteur, un monde sans miroir où la vérité l'emportait sur l'apparence, l'imaginaire sur le réel. Les yeux fermés, elle se promenait dans des paysages qu'elle n'aurait pu inventer seule, suivait la mélodie comme on longe un chemin dont on ne se soucie pas de savoir où il mène, tant les terres qu'il traverse recèlent de beautés inattendues. Elle aurait chaque fois voulu que cela ne s'arrête jamais. Mais, peu à peu, les voix et les instruments ralentissaient, s'assourdissaient, se taisaient. Des ricanements montaient de l'autre côté du rideau : « Heureusement que la Beauvais n'était pas là. Sa présence nous aurait gâché cet extraordinaire moment de grâce. »

La troisième, c'était l'amitié qui, peu à peu, l'avait liée à maître Vallot.

Une à deux fois par semaine, qu'il pleuve ou qu'il vente, le médecin l'entraînait dans les faubourgs de Paris, de l'autre côté de la Seine, au Jardin royal des plantes médicinales. Des heures durant, ils cheminaient à travers d'immenses parterres de simples aux couleurs et aux formes plus extravagantes les unes que les autres. C'était merveille, pour Catherine, que de toucher ou de découvrir l'odeur de toutes ces plantes qu'elle n'avait, jusqu'alors, vues que dans des livres.

Durant ces promenades, Vallot parlait beaucoup. En plus de vanter les extraordinaires propriétés des plantes qu'ils croisaient, il n'avait pas son pareil pour, en deux mots cinglants et dans son accent inimitable, dresser le portrait des gens qu'il n'aimait pas (et il n'aimait pas grand monde). Madame de Lignerolles était « une fieffée couillonne », Toussaint Rose, le secrétaire personnel de Mazarin, un étrange bonhomme aux longs cheveux blancs et à l'air d'un fou, était « un âne bâté qui mentait comme un arracheur de dents »… Il en était un, surtout, qu'il détestait : un certain Guy Patin, « un abruti qui se prenait pour un médecin ». « Savez-vous ce que ce jean-fesse prétend, Catherine ? Que la digestion est un phénomène purement mécanique ! Ha !

Ha ! » Il s'emportait tout seul. « Nous ne sommes pas des poules, monsieur Patin ! Ce que nous mangeons n'est pas broyé dans le tube digestif, comme vous le prétendez ! Tout est dissous par des liquides sécrétés par les organes. Croyez-moi, Catherine, faisait-il en se tapant sur le ventre, il n'y a que de la chimie là-dedans. »

Un jour qu'ils venaient de croiser Mazarin dans un couloir du palais, son œil se rembrunit et il murmura à l'oreille de Catherine :

« Savez-vous pourquoi j'aime autant les plantes ?

— Non.

— C'est parce qu'elles ne prétendent pas être ce qu'elles ne sont pas. »

Enfin, Geneviève rentra. Mais le voyage de retour avait été si éprouvant qu'elle préféra garder le lit quelques jours avant de paraître à la Cour. Pour le moment, elle souhaitait ne recevoir personne, pas même sa petite-fille :

> Non que je ne sois pas impatiente de te revoir. Mais je veux que nos retrouvailles soient une fête. Pas une visite au malade.

Une semaine passa durant laquelle Catherine guetta vainement l'apparition de Geneviève. Et puis, un soir qu'elle rentrait d'une séance de soins, elle trouva la poignée de sa porte badigeonnée de merde et ce fut comme si une digue lâchait.

L'amitié de monsieur Vallot, les beautés du palais et les jolies notes de monsieur de Cambefort ne la retinrent qu'un instant. Quelques minutes plus tard, elle s'en allait, fichu sur la tête et *La Pharmacopée générale* sous le bras, rejoindre le seul être qui l'eût jamais aimée et qu'elle n'aurait jamais dû quitter.

XVII

Elle avait traversé la ville comme on vole, retrouvé le quartier de son enfance avec émotion, et la façade de la maison de Geneviève avec plus de trouble encore. Au premier étage, les lumières brillaient. Le cœur battant, elle souleva le heurtoir qui, en retombant, résonna longuement dans la nuit. Plusieurs minutes passèrent. Au moment où elle allait frapper de nouveau, la porte s'entrouvrit. Elle crut défaillir. Devant elle, ce n'était pas Françoise, ni Geneviève. C'était Pierre Beauvais, son mari. Il était coiffé d'une perruque courte et portait une veste de velours vert à liséré d'argent.

« Pierre ? Mais… Qu'est-ce que tu fais là ?

— Ça alors… Catherine…

— Qu'est-ce que tu fais là ? » répéta Catherine.

Pierre eut un sourire.

« Fini les rubans. Je travaille pour tes parents maintenant.

— Tu t'occupes de Geneviève ? Elle est malade ? »

Le sourire de Pierre s'élargit.

« Geneviève… »

C'est alors que, par-dessus l'épaule de Pierre Beauvais, Catherine reconnut son père qui s'avançait sur le perron de la cour intérieure, un bougeoir à la main. Il était vêtu d'une robe de chambre damassée et de chaussons tissés d'or.

« Qui est là, Pierre ? »

D'une brusque poussée, Catherine fut dans la cour.

« Eh là ! » fit Pierre que la ruée de Catherine avait jeté sur les fesses.

« Père !

— Catherine ? »

Elle ne lui laissa pas le temps de s'interroger plus avant.

« Qu'est-ce qui se passe ? Où est Geneviève ?

— Geneviève ?… Eh bien, c'est-à-dire… »

Une voix leur fit lever la tête.

« Ça fait cinq jours qu'elle est morte, Geneviève ! »

C'était Marie qui, entendant qu'on parlait dans la cour, avait passé la tête par la fenêtre de sa chambre au premier étage. Son bonnet de nuit enfoncé sur ses oreilles lui donnait l'air d'une vieille chouette.

Catherine vacilla comme si elle avait reçu une gifle.

« Morte ? Mais… Qu'est-ce qui s'est passé ? »

Michel eut un geste vague.

« Va savoir… La vieillesse…

— Ou les poulardes, ricana Marie du haut de sa fenêtre.

— Pourquoi ne m'avez-vous pas avertie ? Et Françoise ? »

L'horloge du salon sonna onze coups.

« Tu as entendu, Catherine ? fit Marie, le doigt en l'air. Il est tard. Il ne faudrait pas que la reine se fasse du souci… »

Puis, s'adressant à Pierre :

« Pierre ! Veuillez raccompagner Catherine. Madame ma fille, votre épouse, doit rentrer au Louvre.

— Avec plaisir, madame. »

Catherine ne fit aucune résistance lorsque Pierre la prit par le bras. Cette maison ne lui était plus rien qu'un tas de pierres ; une tombe que des vivants auraient débarrassée de son mort pour venir s'y établir. Au moment de refermer la porte, Pierre lui lança :

« Mes amitiés à Fabregue ! »

La porte claqua et, comme si tout cela n'était pas déjà assez triste, il se mit à pleuvoir.

Durant des heures, elle marcha au hasard des rues, indifférente aux trombes d'eau qui lui tombaient sur la tête. Au milieu de cette nuit informe et boueuse, une question n'en finissait pas de la hanter : où irait-elle, désormais ? Sans même s'en rendre compte, elle traversa le quartier endormi des Halles, où les rats mènent leur sarabande, remonta la rue Montorgueil sans rencontrer âme qui vive, et vint buter contre le rempart nord de la ville, non loin de l'endroit où avaient échoué tous ces hommes et toutes ces femmes que la société n'avait su digérer et qui avaient bâti leur propre cité avec des épaves : charrettes sans roues, roulottes embourbées, huttes de planches ou de branches, tanières au toit de paille, cabanes de lattes ajourées. La pluie avait cessé. Entre les nuages, la lune éclairait cet étrange empire de plaques blafardes. Au cœur de ce monde que le poète, un jour, qualifia de « hideuse verrue à la face de Paris », un immense brasier s'alluma soudain, et l'on aurait pu croire, en voyant ces flammes gigantesques danser sous la lune, qu'elles sortaient tout droit des caves de l'enfer.

Devant ce spectacle fantastique, et sans qu'elle comprît pourquoi, remontèrent dans l'âme de Catherine l'air et les paroles d'une chanson que Geneviève aimait chanter jadis, tandis qu'elle lui administrait ses clystères : « Je veux que la mort me frappe/Au milieu d'un grand repas/Qu'on m'enterre sous la nappe/Entre quatre larges plats… » Son œil s'embua de larmes. Geneviève… L'avait-elle appelée au moment de mourir ? Avait-elle cherché sa main ?

« Alors, la bourgeoise… On se promène ? »

Catherine se retourna d'un bloc. Émergeant de sous un porche dégouttant, un petit homme ventru comme un coffre et coiffé d'un immense chapeau mou s'avançait vers elle, une lanterne dans une main, un grand bâton dans l'autre.

« Je… » commença Catherine.

Mais quelque chose lui dit que discuter ne servirait à rien. Elle voulut s'enfuir mais ses membres s'étaient changés en plomb. Alors elle ne sut rien faire d'autre que de tirer son fichu sur son visage et de fermer les yeux. Une pénible odeur de chien mouillé et de mauvais vin lui farcit soudain les narines.

« Eh ben, fit l'homme, t'as perdu ta langue ? »

Derrière son foulard et ses paupières closes, elle devinait la lampe qui passait et repassait devant son visage.

Soudain, l'homme lui arracha son fichu. Elle ne cria pas. C'est lui qui le fit :

« Nom de Dieu ! »

Elle ouvrit les yeux et eut juste le temps de voir l'homme et sa lanterne disparaître dans la nuit. Elle ne demanda pas son reste. Retroussant ses jupes, elle s'enfuit aussi vite que ses mauvaises jambes le lui permirent.

Lorsqu'elle rentra au palais au petit matin, les traits tirés et les jupes maculées de boue, les gardes ne lui dirent pas un mot. Mais le soir, il se racontait partout que, la nuit précédente, Catherine était sortie du palais pour s'en aller danser le sabbat avec les sorcières du cimetière des Innocents.

XVIII

Pendant plusieurs jours, Catherine traîna son chagrin comme on tire un chien en laisse. Elle n'en finissait pas de tourner et de retourner entre ses doigts le petit diamant que Geneviève lui avait donné. Et son chagrin se muait en colère quand elle imaginait son père et sa mère prendre leurs aises dans la maison de son enfance, ouvrir les armoires de Geneviève, manger dans son joli service en porcelaine, se vautrer dans ses draps qui sentaient si bon la poudre de violette.

Et puis, un après-midi qu'elle cherchait un livre dans la bibliothèque de monsieur Vallot, elle tomba sur le *Manuel* d'Épictète, coincé entre un traité sur les fumigations et un autre sur les vertus des passiflores. Et elle y lut ces lignes qu'elle avait oubliées et qui la bouleversèrent :

À propos de toute représentation pénible, juge-la d'après les règles que tu possèdes, et en tout premier lieu d'après celle-ci : rentre-t-elle dans la catégorie des choses qui dépendent de nous ou dans celle des choses qui ne dépendent pas de nous ? Et, si elle rentre dans la catégorie des choses qui ne dépendent pas de nous, tiens prête cette réponse : « Cela ne me concerne pas. »

Cesse donc de faire porter ton aversion sur tout ce qui ne dépend pas de nous, et reporte-la sur les choses contraires à la nature qui dépendent de nous[5].

Des jours durant, elle médita ces phrases comme on garde un clystère. Continuerait-elle encore longtemps de se morfondre et de maudire ces choses qu'elle ne pouvait pas ou plus changer ? Lentement, le clystère fit son œuvre. Un matin, sa décision fut prise : tournant le dos aux médisances et aux moqueries, oubliant ses parents, elle mettrait toute ses forces et toute sa science au service de la reine, cette femme qui, chaque fois qu'elle la voyait paraître, l'accueillait avec un sourire et dont les maux lui donnaient sa seule et unique raison d'être au monde.

Cette résolution qu'elle prit dans le secret de son âme fut une bénédiction pour la reine. Car, quelques semaines plus tard, cette dernière se mit à souffrir de démangeaisons vaginales et de brûlures urinaires.

Fouillant dans *La Pharmacopée générale* et les livres de monsieur Vallot, combinant, comme à son habitude, savoir et intuition, Catherine mit alors au point toutes sortes de potions et de crèmes. C'étaient d'étonnants assemblages de simples et d'écorces liés avec du blanc d'œuf, des décoctions de bruyère mélangée de thym, d'ail, de propolis et de miel rosat qui auraient fait se dresser les cheveux sous les perruques de ces messieurs de l'Académie Montmor mais qui, plus d'une fois, accomplirent des prodiges.

XIX

Sans doute Catherine aurait-elle passé le restant de sa vie à purger le ventre d'Anne d'Autriche sous les regards dégoûtés de Mazarin et des courtisans – et notre histoire en serait restée là – si, un soir de février 1654 qu'elle rentrait d'une séance de soins, elle n'avait trouvé un billet sous sa porte et si, sur ce même billet, en lieu et place des dessins obscènes et des insultes habituels, elle n'avait lu :

> Voulez-vous me retrouver demain soir au jardin, après votre service, derrière la statue de Latone ? J'ai besoin de vous parler. Un ami.

Elle resta longtemps interdite devant ce message, un peu comme ceux qui, voyant venir vers eux quelqu'un qui leur sourit, tournent la tête en pensant que ce sourire s'adresse à un autre. Comment ces lignes pouvaient-elles lui être destinées ? L'auteur de cette lettre, ou son émissaire, avait dû se tromper de porte. À moins – son sourcil se fronça –, à moins qu'il ne se fût agi d'une mauvaise plaisanterie, voire d'une embuscade… Dans son âme, pourtant, quelque chose se prit à rêver. *Ami.* Ce mot si doux, qu'elle ne pouvait s'empêcher de lire et de relire, avait, sur ses doutes et ses craintes, des vertus émollientes. Se pouvait-il vraiment que quelqu'un, ici, ait besoin d'elle ?

Elle passa toute la journée du lendemain à rouler derrière son front immense cette extraordinaire question, cherchant naïvement autour d'elle le visage de celui qui se disait son ami.

Et nombre de courtisans, la voyant paraître ainsi tourmentée, jetant de-ci, de-là des coups d'œil furtifs, ne manquèrent pas de se demander si les flatulences de sa maîtresse n'avaient pas fini par avoir raison de sa cervelle.

Le soir venu, emmitouflée dans un manteau de laine, Catherine descendit au jardin désert, l'œil et l'oreille aux aguets.

Sa surprise fut immense en découvrant l'homme qui l'attendait derrière la statue de Latone. Elle avait beau ne l'avoir croisé qu'à de rares reprises, elle le reconnut aussitôt. Il faut dire que le marquis d'Aubignac, le tout nouveau capitaine des gardes du corps du roi, passait difficilement inaperçu dans les couloirs et les jardins, avec sa taille fine, ses yeux bleus perçants et sa jolie moustache en croc.

Mais Catherine n'eut pas le temps de s'interroger plus avant. Déjà, le marquis se précipitait sur elle, les bras tendus.

« Dieu merci, vous êtes venue… »

Elle regarda autour d'elle pour voir si des gens ne se cachaient pas dans l'ombre avec des bâtons, guetta des rires étouffés, des froissements de soie. Mais elle ne vit rien que la nuit, n'entendit rien que le petit bruit du vent qui glissait entre les branches et la faisait frissonner.

Le marquis l'entraîna sur un banc de pierre qui attendait dans un rayon de lune. Au loin, les fenêtres du palais achevaient de s'éteindre. Il vint s'asseoir près d'elle, si près qu'elle sentit la pointe de sa moustache lui chatouiller le creux de l'oreille et son parfum de vétiver. Il murmura : « Ah, Madame… », et de s'entendre appeler « Madame », elle qui, depuis qu'elle était arrivée au palais n'avait jamais entendu que « Cateau » ou « la chose », lui mit un peu de rouge aux joues et lui fit redresser les épaules.

Soudain, le marquis se jeta à ses pieds et lui prit les mains.

« Vous seule pouvez m'aider… »

Troublée par la vision de cet homme agenouillé devant elle, émue par ces mains mâles qui enserraient les siennes, elle articula à grand-peine :

« Je vous écoute… »

Le marquis inspira profondément puis, dans un souffle :

« J'aime… »

Catherine tressaillit.

« Vous aimez ?

— Oh, Madame ! Follement, éperdument… »

Elle regarda de nouveau autour d'elle. Rien. Et son cœur se mit soudain à battre un peu plus vite. Se pourrait-il que…

« Et… qui ?

— Jurez-moi de ne point vous moquer.

— Je vous le promets.

— Eh bien, voilà… Je… C'est la reine. »

Le joli rêve de Catherine s'effondra aussi brutalement qu'il s'était bâti. Naïve Catherine ! Comment avait-elle pu croire que cet homme pouvait être amoureux d'elle ? Que sa laideur pouvait faire naître un aussi beau sentiment ?

« La reine ? Vous plaisantez ?

— Oh, Madame, si seulement... »

Et le voilà qui se mit à raconter la passion qui le dévorait depuis qu'il était arrivé à la Cour. Il dit que cela n'avait rien à voir avec le fait qu'elle fût reine, oh non ! mais que cela avait à voir avec ses yeux verts, avec ses cheveux blonds, avec son petit accent où les « u » et les « ou » se confondent... Il parlait. Il n'en finissait pas de parler et elle se demanda comment cet homme, tout charmant qu'il fût, avait pu s'imaginer, un jour, que la reine pourrait lui tomber dans les bras. A-t-on jamais vu une reine s'éprendre d'un marquis ?

Elle sortit de ses réflexions qu'il parlait encore. Il disait maintenant que « l'amour c'est comme respirer : on ne peut s'en passer », se comparait à Pâris amoureux d'Hélène (ou de Pénélope, il ne savait plus très bien). Elle le coupa.

« Au fait, Monsieur. Qu'attendez-vous de moi ?

— Eh bien... fit-il en plongeant la main dans la poche. Vous qui la connaissez si bien... Ne voudriez-vous pas lui remettre ce petit billet de ma part ? »

Elle lut :

> À Sa Majesté la reine.
> Madame,
> Si j'ose aujourd'hui vous écrire,
> C'est que cette lettre dira mieux que moi ce que je veux vous dire.

Chaque fois que je vous vois, mon cœur bat. Je vous adore avec ferveur.
Un seul mot de vous me comblerait de bonheur.
Votre dévoué Charles Mathurin d'Aubignac.

Elle leva la tête. Si c'était avec ce misérable petit bouquet de mots qu'il espérait séduire la reine…

« Pourquoi moi ? »

Il soupira : « Qui d'autre que vous ? », et Catherine crut deviner, dans ce soupir, que toutes les autres, avant elle, avaient refusé de le faire.

Il ajouta :

« Si vous acceptez, je vous donnerai deux louis. »

Un temps, elle songea à laisser ce goujat se débrouiller tout seul avec son amour saugrenu. Pour qui la prenait-il ? Et puis pourquoi l'aiderait-elle d'ailleurs ? Ne l'avait-elle pas déjà surpris qui détournait la tête sur son passage ? Sans compter le péril qu'il y aurait à se mêler de cette histoire ridicule. Que se passerait-il si la reine ou Mazarin apprenaient qu'elle s'était amusée à jouer à la duègne ?

Mais voici qu'au moment de refuser, une émotion la fit soudain se raviser : celle qui lui serrait le cœur ces jours où elle ne parlait à personne ; celle qui, quand le ciel gris s'en mêlait, allait même, parfois, jusqu'à la faire douter de ses raisons de vivre. Qu'importait que cet homme l'aimât ou non ; qu'importait qu'il voulût se servir d'elle pour en séduire une autre ; qu'importait le danger. Ne plus être seule, ne plus macérer, ne serait-ce qu'un instant, dans l'enfer que renferme ce mot.

« Acceptez-vous de m'aider ? » demanda le marquis que le silence de Catherine inquiétait.

Elle glissa le billet dans son corsage, se leva.

« Gardez votre argent, Monsieur. Je vais voir ce que je peux faire. Mais je ne vous garantis rien. »

Et lui, l'agrippant par le bras avant qu'elle ne s'en aille :

« Je vous en supplie, Madame… Ne décevez pas une âme qui souffre. »

Revenue dans sa chambre, elle resta longtemps à regarder le billet du marquis. Elle pensait : « Il y a des gens, tout de même, qui n'ont peur de rien. » Mais au moment de jeter le papier dans la cheminée, elle ne put s'empêcher d'être un peu émue par ces pauvres lignes écrites à l'encre du cœur. Elle défroissa le billet, et, au verso, comme pour se faire pardonner d'en avoir ri, réécrivit le poème pour elle-même, tel qu'elle aurait aimé le recevoir :

> Madame, si j'ose, d'une plume craintive, vous adresser ces quelques mots, c'est qu'ils diront mieux que ma bouche ce que je veux vous dire. Que je serais heureux si, par quelque sortilège, vous pouviez voir au travers de moi. Vous y découvririez un cœur qui, à chaque fois qu'il vous voit, se prend à battre d'un rythme qu'il ne soupçonnait pas. Le plus grand ennemi que j'aie au monde, je l'aimerais comme ma vie, s'il me disait céans : « Courez, Monsieur. Madame vous attend. » Et s'il fallait encore que je vous dise : un mot de vous serait d'une douceur exquise pour une âme en hiver de n'avoir pas encore été comprise.

XX

Durant près d'un mois, presque tous les soirs après son service, Catherine s'en alla rejoindre le marquis tantôt derrière la statue de Latone, à l'abri des regards, tantôt dans les combles du palais, à l'abri du vent ou de la pluie.

À chaque fois, elle lui racontait que des événements l'empêchaient de donner son billet. Quand ce n'était pas la faute des rentiers de l'hôtel de ville qui réclamaient le paiement ponctuel de leurs rentes, c'était la rénovation des appartements de Sa Majesté, le procès par contumace du prince de Condé passé au service des armées d'Espagne ; n'importe quoi…

« Jetterais-je votre bel amour au milieu de toutes ces choses vulgaires, monsieur le marquis ? »

Parfois, rentrée dans sa chambre, elle s'en voulait de se jouer de cet homme que l'amour rendait si vulnérable. Mais ce sentiment ne durait pas. Jamais, durant leurs rencontres, le marquis ne s'intéressait à elle ; jamais il ne lui posait la moindre question sur sa vie, sur ses sentiments, ses rêves, ses espoirs. Il n'était question que de lui, de son billet, de son amour qui, disait-il, lui rongeait le cœur comme une petite souris dans une boîte. Au diable la culpabilité ! Pour une fois que sa vie était autre chose qu'une suite de jours sans forme ni saveur.

Malheureusement pour elle, au bout d'un mois, la patience du marquis commença à montrer ses limites. Un soir, elle le trouva même si découragé d'attendre qu'elle prit peur. S'il se résignait ou s'il se mettait en tête de trouver un autre moyen d'approcher la reine, c'en était fini de ces heures durant lesquelles elle oubliait d'être triste. Alors, sans réfléchir, elle lui dit qu'elle avait, le matin même, déposé sa lettre sur la toilette de Sa Majesté et que, l'après-midi, elle avait surpris cette dernière en train de parler de lui avec madame de Lignerolles.

« De moi ?

— De vous.

— Que disait-elle ? Parlez, je vous en supplie !

— Eh bien… Elle disait que…

— Que quoi ?

— Qu'elle vous trouvait intéressant. Voilà. »

Ah ! Que la joie du marquis fut belle à voir ce soir-là. Et qu'il fallut de force de persuasion (et de bras) à Catherine pour l'empêcher de se précipiter aussitôt chez la reine.

« Le cœur de Madame est un petit animal farouche, lui dit-elle pour le retenir *in extremis*. À peine sorti de son terrier, vous allez l'y faire retourner. Je vous en conjure, monsieur le marquis, n'allez pas tout gâcher d'un coup. »

Cette nuit-là, Catherine eut bien du mal à s'endormir. Le violent transport du marquis n'en finissait pas de l'inquiéter. Quel besoin avait-elle eu de lui raconter ces bêtises ? Que se passerait-il si, un jour prochain (demain ?), ce fou allait se jeter aux pieds de la reine ? Mais comment revenir en arrière ? Comment faire décroître, dans le cœur du marquis, ce feu qu'elle avait si bien attisé ?

Elle se leva, ouvrit la fenêtre de sa chambre et, le nez au ciel, demanda naïvement à Geneviève de lui dire qu'elle ne risquait rien. Mais la nuit resta muette et noire.

Et ce qui devait arriver arriva. Mais pas tout à fait comme on pouvait s'y attendre.

Deux jours plus tard, en fin d'après-midi, alors qu'elle rentrait d'un concert de monsieur de Cambefort durant lequel elle n'avait fait que penser au marquis et aux moyens de le faire renoncer à son amour, elle trouva la porte de sa chambre entrouverte. Elle crut d'abord qu'elle avait oublié de la fermer. Sa stupéfaction fut immense en découvrant qu'on s'était introduit chez elle. On avait fouillé partout : dans ses armoires, dans les tiroirs de sa table de nuit, derrière ses rideaux, dans ses cassettes… Tout était sens dessus dessous.

C'est alors qu'une voix monta derrière elle, qui la fit sursauter.

« Depuis combien de temps travaillez-vous pour le cardinal de Retz, madame Beauvais ? »

C'était Toussaint Rose, le secrétaire de Mazarin. Il était encadré de trois gardes en armes.

« Qu'est-ce que vous dites ? »

Rose s'approcha. Ses yeux brillaient autant de dégoût que de mépris.

« Je vous demande depuis combien de temps vous faites le jeu de ce traître de Gondi.

— Mais… Je ne fais le jeu de personne…

— Alors comment expliquez-vous ça ? » gronda Rose en tirant un morceau de papier de sa poche.

C'était le poème du marquis qu'elle avait réécrit au verso.

« C'est bien votre écriture, là, non ?

— Oui, mais… »

Rose l'interrompit d'un geste. Et, se tournant vers les gardes :

« Emmenez-la. »

Catherine fut si stupéfaite qu'elle ne songea pas même à se défendre. Un temps, elle pensa que les gardes la conduisaient chez la reine. Mais après avoir traversé la salle des fêtes sous les regards interloqués des courtisans, plutôt que de tourner à droite, ils prirent à gauche et ouvrirent une petite porte dérobée qui donnait sur un étroit escalier de pierre en colimaçon. Sa question, « Où me conduisez-vous ? », n'eut, pour toute réponse, que de gros rires.

Arrivés au bas de l'escalier qu'éclairaient des lampions dont les mèches baignaient dans une graisse fétide, ils longèrent sur plusieurs dizaines de mètres un couloir bas et suintant avant de s'arrêter devant une porte en bois munie d'une énorme serrure.

« Nous y voici », fit l'un des gardes en fouraillant dans son trousseau de clés.

Catherine n'eut pas le temps d'ouvrir la bouche. Poussée brusquement aux épaules, elle fut propulsée au milieu d'une petite pièce aux murs moisis. La porte claqua derrière elle, et elle se retrouva seule, dans le silence, le froid et les ténèbres.

Catherine aurait bien eu du mal à dire combien de temps elle resta enfermée dans sa geôle. Car dans le noir absolu, les heures finissent, elles aussi, par disparaître. Prostrée dans un angle de la pièce, elle tenta vainement de comprendre ce qui lui arrivait.

Enfin, des bruits de pas retentirent. Une clé grinça dans la serrure et la porte s'ouvrit sur le cardinal Mazarin. Il était accompagné de Rose et de deux gardes portant flambeaux. Passée la stupeur de le voir paraître, Catherine se précipita sur lui.

« Monseigneur ! Me direz-vous enfin ce qui se passe ? »

Mazarin la toisa avec répugnance. Sa figure était jaune.

« Vous le savez très bien.

— J'ignore tout, je vous le jure ! »

Le visage de Mazarin se fendit d'un méchant sourire.

« Oseriez-vous prétendre que vous ne retrouviez pas le marquis d'Aubignac presque tous les soirs derrière la statue de Latone ou dans les combles du palais ?

— Le marquis ? Si, mais…

— Et que vous ne saviez pas qu'il avait été missionné par le cardinal de Retz pour tenter de me chasser du cœur de la reine ? »

L'œil de Catherine s'ouvrit tout rond.

« Vous chasser ? Mais non ! Comment l'aurais-je su ? C'est ridicule ! »

Mazarin l'interrompit d'un geste.

« Cela suffit. Une voiture vous attend. Elle va vous conduire au couvent des Filles-Dieu de Gentilly où vous aurez tout loisir de méditer sur le sens du mot “trahison”. Et remerciez la reine. C’est à elle que vous devez de n’avoir pas fini vos jours entre ces quatre murs. »

Ce fut, pour Catherine, comme si le ciel s’effondrait.

« C’est un malentendu ! Un terrible malentendu ! Interrogez le marquis d’Aubignac ! »

Mais déjà Mazarin s’éloignait dans le couloir.

« Ce lâche a été plus intelligent que vous. Il s’est enfui au moment où nous venions l’arrêter.

— Laissez-moi parler à la reine !

— Hâtez-vous plutôt d’aller préparer vos affaires, s’interposa Rose.

— Mais…

— Le cocher s’impatiente, madame Beauvais… »

Très vite, le bruit du bannissement de Catherine se répandit dans tout le palais. Quand les moins informés se perdaient en conjectures, les autres, parmi lesquels figuraient les membres du petit cénacle de mademoiselle de Scudéry, n’en revenaient pas qu’elle ait pu conspirer contre Mazarin.

« Tel corps, telle âme, grondait madame de Sévigné. Je vous l’ai toujours dit, mes amis.

— Tout de même, s’ébahissait monsieur Pellisson. Qui aurait pu penser que cette chose avait une conscience politique ?

— Comment le cardinal de Retz peut-il continuer d’intriguer derrière les murs de sa prison de Nantes ?

s'encolérait, de son côté, monsieur Conrart en se bourrant nerveusement le nez de tabac. C'est incroyable !

— Et Aubignac ?

— Envolé. Quand les gardes sont arrivés, son logement était vide.

— J'espère, en tout cas, que l'exil de cette traîtresse sera moins doux que ne semble l'être celui de son maître, grinça monsieur de Pomponne.

— J'ai entendu dire qu'elle avait été envoyée dans un couvent…

— Pauvres nonnes. J'espère qu'elles ne nous en voudront pas de leur envoyer nos ordures. »

XXI

Durant plusieurs semaines, Catherine traîna sa sidération dans tous les coins du couvent des Filles-Dieu de Gentilly. Cette énorme masure suintante et glacée dans laquelle vivait une trentaine de nonnes mutiques lui devint vite plus insupportable qu'une bastille. Car au moins, en prison, ne vous réveille-t-on pas toutes les nuits à trois heures du matin pour aller dans une chapelle aux murs rongés de salpêtre chanter les louanges d'un Dieu qui, après vous avoir refusé d'entrer dans sa maison, vous y enferme à double tour pour une faute que vous n'avez pas commise.

Sans compter le fait que Mathilde de Saint-Rouget, la prieure, une bigleuse acariâtre qui n'avait que le mot « péché » à la bouche, faisait régner l'enfer sur la petite communauté. Elle surveillait les allées et venues de chacune, faisait l'appel plusieurs fois par jour, rendait la justice à coups de trique et, la nuit, rôdait dans le dortoir pour voir si tout le monde dormait les mains sagement posées sur les couvertures.

Le matin de l'arrivée de Catherine, elle l'avait fait venir dans son bureau, une pièce nue comme la misère, et, tournant autour d'elle comme un chien autour d'un piquet, masquant à peine sa répugnance, lui avait dit :

« Il y a trois règles à respecter ici : le silence, l'humilité et l'obéissance. Et j'entends qu'elles le soient parfaitement. Sœur Constance, la cellérière, vous remettra tout à l'heure une robe de serge et vous expliquera comment s'organisent les journées. En attendant, je vous demande de me remettre tous les livres que vous avez emportés avec vous.

— Mes livres ? Mais…

— Rassurez-vous, lui dit Mathilde de Saint-Rouget en lui tendant une bible, celui-ci contient tous les autres. »

Lorsque Catherine, avant de sortir, lui demanda du papier et une plume pour écrire à la reine, elle se contenta de lever les yeux au ciel et de hausser les épaules.

Commença alors la longue file des jours sans soleil. Longtemps, elle espéra une lettre qui lui dirait que le marquis d'Aubignac avait été arrêté, qu'il avait tout avoué et qu'elle pouvait rentrer au palais. Tous les matins, elle était la première à se présenter au réfectoire, où Mathilde de Saint-Rouget procédait à la distribution du courrier. Mais la liste des noms s'évidait et il n'y avait jamais rien pour elle.

Les heures, bien qu'occupées par mille petites tâches qui allaient de l'entretien des parties communes à celui du jardin, en passant par la vannerie et la couture, étaient interminables.

Tout était gris : le sol, les murs, les toits, le ciel.

Au moins les nonnes lui fichaient-elles la paix. Si elle avait croisé des regards furtifs et surpris quelques murmures en arrivant, très vite, plus personne ne se soucia d'elle. C'était comme vivre au milieu de comédiennes, chacune enfermée dans son rôle. Sœur Marie de la Compassion, la chantre, passait ses journées, les yeux mi-clos, à marmonner des prières ; sœur Constance marchait à petits pas lents droit devant elle, sans jamais tourner la tête ; sœur Josepha, la bibliothécaire, si discrète durant le jour, ronflait, la nuit, comme un soudard ; sœur Clothilde, la sacristine, ne laissait à personne le soin de nettoyer les statues de la chapelle, celle du Christ en particulier, dont elle époussetait l'entrejambe en poussant des soupirs.

Une fois par jour, les sœurs venaient s'asseoir en rond autour de Mathilde de Saint-Rouget et, à tour de rôle, confessaient les fautes dont elles s'étaient rendues coupables. C'était un spectacle désolant que d'écouter ces femmes livrer leurs misérables péchés : l'une s'accusait d'avoir cassé une cruche, une autre d'être arrivée en retard à l'office, une autre, encore, d'avoir eu des pensées troubles alors qu'elle cirait la rampe en bois du grand escalier.

Assise toute droite sur une chaise en paille comme une reine sur son trône, Mathilde de Saint-Rouget écoutait gravement avant de rendre ses sentences. Cinq coups de jonc pour la cruche, trois pour le retard, dix coups et un jeûne de deux jours au pain et à l'eau pour les pensées lubriques… Lorsque venait son tour, Catherine ne racontait que des mensonges insignifiants. Dieu, depuis qu'elle était née, lui avait déjà asséné assez de coups comme ça. Il n'était pas nécessaire qu'une nonne bigleuse, agissant en son nom, y ajoutât les siens.

À force de promener son effarement dans les couloirs lépreux du couvent et d'attendre ce qui n'arrivait pas, sa sidération se mua en rancœur, sa rancœur en colère, sa colère en rage. Trois semaines après son arrivée, elle ne vivait plus qu'en serrant la mâchoire et les poings. Elle en voulait à tout le monde : aux courtisans, à Aubignac, à Mazarin, à la reine, à Mathilde de Saint-Rouget, aux nonnes, à Dieu. Toutes ces figures tournoyaient, se mélangeaient, faisaient comme un horrible tableau rempli d'ombre et de grimaces.

La nuit, dans le dortoir, tandis que les sœurs dormaient et que la bougie de Mathilde de Saint-Rouget faisait lentement le tour des lits, elle s'imaginait qu'elle traversait les couloirs du Louvre et que tous se jetaient à ses pieds, la suppliant de les pardonner et de les aimer.

Durant les offices, tandis que les prières et les chants – qui ne manquaient pas d'une certaine grâce – allaient se perdre sous les voûtes enténébrées de la chapelle, elle fixait la statue du Christ écartelé sur sa croix et l'agonissait d'injures.

Le printemps passa, tout encombré de pluie et de vent, puis l'été, sec et brûlant. À force de s'exercer dans le vide, sa colère céda le pas au désespoir. Où qu'elle se tournât, le monde était vide de promesses. Tout était noir : le sol, les murs, les toits, le ciel.

Peut-être aurait-elle fini par se jeter dans le puits si, un soir, à l'heure de la confession collective, sœur Clothilde n'avait demandé la parole en tremblant.

« Ce matin, j'étais dans la chapelle où je nettoyais la statue de saint Antoine, vous savez, celle qui est derrière le pilier, à gauche de l'autel. À un moment, j'ai entendu la porte s'ouvrir et… – elle désigna Catherine du doigt – elle est entrée. Elle ne m'a pas vue. Elle s'est approchée de la statue du Christ et elle a dit… »

Ses yeux roulèrent d'effroi.

« Eh bien, quoi ? fit Mathilde de Saint-Rouget. Qu'a-t-elle dit ?

— … Oh, sanglota sœur Clothilde… Un mot terrible… Si terrible que j'ai peur de le répéter.

— Il le faudra bien, pourtant. Dites.

— Elle a dit : "Pute Dieu"… »

Les cinq jours qui suivirent, Catherine les passa dans la cellule du couvent, une pièce minuscule aux murs blanchis à la chaux et à la fenêtre garnie de barreaux. Durant toute cette période, elle ne vit personne et n'entendit aucune voix. La nourriture lui était glissée par un guichet ouvert dans le mur, par où passait aussi le pot de chambre.

Cinq jours, cent vingt heures, sept mille deux cents minutes qui lui firent oublier l'eau noire du puits. Chaque seconde qui passait était comme une goutte de suif jetée sur les braises de sa nouvelle colère. Sales putes de nonnes ! Elles allaient payer de l'avoir enfermée là-dedans ; elle allait leur montrer, à ces bonnes femmes qui se prenaient pour des saintes, de quoi elles étaient vraiment faites. Dès qu'elle serait sortie de cellule, elle les ferait chier. Au propre comme au figuré.

XXII

Elle avait, depuis longtemps, repéré, dans la remise où les sœurs confectionnaient paniers et balais, un gros tas d'écorces de bourdaine fraîches. De quoi donner la colique à un troupeau d'éléphants.

Quelques heures seulement après que Mathilde de Saint-Rouget l'eut libérée en lui disant : « Au prochain blasphème, ce ne seront pas cinq jours que vous passerez là-dedans, mais dix », elle alla, dans la remise, discrètement remplir un sac d'écorces.

Le soir même, alors qu'elle était de service en cuisine, elle mit sa récolte à bouillir au milieu des autres marmites.

D'ordinaire, il est conseillé de ne pas laisser les écorces infuser plus de dix minutes, sous peine de voir les intestins se transformer en voie romaine. Elle les y laissa deux heures.

Le soir venu, elle mélangea sa décoction à la rituelle tisane de sauge et de thym. Puis elle attendit.

Le spectacle commença une heure plus tard, dans le dortoir, alors que toutes les lumières étaient éteintes.

Ce fut d'abord, sur la droite, un claquement sec qui fit pouffer quelques nonnes ; puis, venant de la gauche, de petites explosions en guirlande lui répondirent, bientôt rejointes, venant d'un peu partout, par de lamentables et vaseuses flatuosités. Il y eut soudain des bruits de pas précipités, la porte du dortoir s'ouvrit, se referma, s'ouvrit encore, se referma encore. Parfois, des senteurs venaient chatouiller les narines de Catherine. Là où le commun des mortels n'aurait rien distingué qu'une immonde puanteur, son nez exercé reconnaissait des fragrances de charogne, des pointes de cave humide, des fumets de soufre ou de champignons. Toutes ces nuances putrides racontaient mieux qu'un livre les différentes affections intestinales dont souffraient ces femmes mal nourries.

Durant près de six jours, Catherine prit grand plaisir à faire jouer sa musique olfactive. Personne ne songea jamais à la soupçonner d'autant qu'elle prenait toujours grand soin de faire mine de se plaindre, elle aussi, du ventre et d'apporter régulièrement à l'ensemble sa note personnelle et odorante. Parfois, elle devançait la course des nonnes et allait s'enfermer dans les latrines où elle restait longtemps, indifférente aux suppliques et aux coups de poing martelés contre la porte.

L'on accusa la nourriture, le temps humide, les crottes de souris tombées dans la soupe et, comme cela ne passait pas, l'on en vint à supplier Dieu de mettre fin à cette puante cacophonie. Mais comme Dieu, malgré toutes ces implorations, ne semblait pas pressé d'exaucer les vœux de ses servantes, c'est vers Catherine que Mathilde de Saint-Rouget, la mort dans l'âme, finit par se tourner.

« Vous qui avez servi les intestins de la reine... N'auriez-vous pas un remède pour nous guérir du mal qui nous afflige ? »

Catherine considéra un instant cette femme qu'elle tenait à sa merci.

« Si j'en avais un, lui mentit-elle, croyez bien que j'aurais été la première à me l'administrer...

— Oooh, grimaça Mathilde de Saint-Rouget en se tenant le ventre, qu'allons-nous devenir ? »

Sa mine était verdâtre. Et Catherine réalisa soudain qu'elle avait les moyens de la faire verdir encore un peu plus.

« À moins... » reprit-elle.

L'œil de Mathilde de Saint-Rouget s'alluma.

« À moins ?

— À moins que vous ne me rendiez mes livres.

— Vos livres ?

— Il y a, dans le lot, deux ou trois ouvrages de médecine. Peut-être y découvrirai-je quelque traitement... Car, voyez-vous, j'ai eu beau chercher dans la Bible, je n'ai rien trouvé sur la façon de guérir les coliques... »

Mathilde de Saint-Rouget la regarda de travers. Elle voulut parler mais Catherine ne lui en laissa pas le temps.

« Ah, et puis il me faudrait également une plume et du papier. Je dois écrire à la reine. »

Une heure plus tard, Catherine trouvait ses livres et un petit nécessaire d'écriture posés sur son lit. Le soir, il manquait une marmite sur le fourneau de la cuisine et Catherine préparait une fausse médication sous l'œil cerné et impatient des nonnes. Le lendemain, tandis que ces dernières s'émerveillaient de produire de nouveau des étrons bien moulés et que le couvent retrouvait sa fade odeur de moisi, elle confiait à Mathilde de Saint-Rouget la lettre qu'elle destinait à la reine et à Mazarin : une longue missive dans laquelle elle leur expliquait comment la solitude pousse parfois à commettre de funestes erreurs, où elle les assurait de sa fidélité et où elle les suppliait de lui accorder une seconde chance.

XXIII

Un après-midi de décembre, alors qu'elle avait été chargée, avec sœur Josepha, la bibliothécaire, de dépoussiérer, dans la chapelle, le grand retable de bois sombre qui retraçait la vie de Jésus de sa naissance à sa mort, la voix de sœur Josepha monta dans le silence.

« Moi, ce que j'aime, c'est là », fit-elle.

C'était la première fois, en un an, que Catherine entendait sa voix.

Elle s'approcha. La scène devant laquelle sœur Josepha restait en extase avec son balai représentait un épisode de la passion du Christ. L'artiste avait soigné les détails. On voyait chaque personnage, chaque maison, jusqu'au moindre caillou et brin d'herbe. On voyait surtout le Christ plier sous le fardeau de sa croix et poser un genou à terre au milieu d'une foule de badauds et de soldats moqueurs. Il y avait, dans le visage de ce Dieu fait homme, une lassitude si grande, une solitude si profonde, qu'il lui sembla soudain s'y voir comme dans un miroir. La croix qui l'écrasait, elle en connaissait le poids : elle portait la même depuis qu'elle était née. La foule qui se tordait le cou pour le regarder souffrir, elle la connaissait aussi. Et elle se demanda pourquoi ce Dieu dont elle comprenait si bien la souffrance se montrait si indifférent à la sienne.

Toujours est-il que, de ce jour, une amitié (le mot est peut-être un peu fort, disons une complicité) naquit entre Catherine et sœur Josepha. Discrète, d'abord, qui se manifestait par quelques sourires ou gestes furtifs durant les repas et les promenades, mais qui, le temps passant, se transforma en de longues discussions dès que Mathilde de Saint-Rouget avait le dos tourné.

C'était comme si sœur Josepha avait longtemps attendu que quelqu'un vînt la tirer du silence dans lequel la règle du couvent la tenait enfermée. Si elle ne parlait jamais des livres dont elle avait la charge (au point que l'on pouvait se demander si elle en avait jamais lu un seul), elle racontait volontiers ce qu'avait été sa vie avant d'entrer au couvent.

« Si vous saviez combien j'ai aimé danser, Catherine », lui dit-elle un jour.

C'était un après-midi de décembre. Le ciel était bas et le réfectoire était glacial.

« Ah, si vous m'aviez vue chez le duc de Morenval, au bras du marquis de Dunan père, dans ma jolie robe de satin bleu… »

Ses yeux s'étaient perdus dans le vide.

« Mais mes parents ont préféré m'envoyer au couvent…

— Pourquoi ? » avait spontanément demandé Catherine, heurtée par cette injustice.

Mais sœur Josepha n'avait pas répondu et son regard avait plongé plus loin encore.

La réponse de la reine et de Mazarin tardait.

Pour tromper son attente, Catherine s'employa à mettre un peu d'ordre dans la bibliothèque de sœur Josepha. La première fois qu'elle pénétra dans la pièce, elle fut prise à la gorge par une formidable odeur de moisi. La plupart des livres étaient dans un état lamentable. C'étaient des volumes sans couverture ou aux pages piquées de rouille, des liasses de feuillets rassemblés sans souci d'ordre ni d'unité.

« À quoi bon prendre soin de ces bouquins dont personne ne se soucie ? fit sœur Josepha en haussant les épaules.

— Ce n'est pas parce que les gens se désintéressent de certaines choses qu'elles n'ont pas de valeur, lui répondit Catherine. Allons, aidez-moi à dépoussiérer et à ranger tout ça. »

Parfois, Catherine interrompait son rangement pour se plonger dans la lecture de quelque passage qui la ravissait.

« Écoutez-ça, sœur Josepha. C'est tiré des *Élégies*, d'Ovide : *Je suis le livre d'un pauvre auteur exilé ; j'arrive en ville où je n'entre qu'en tremblant : de grâce, ami lecteur, tendez-moi la main ; je n'en puis plus de lassitude*[6]. C'est beau, non ? Et là, dans le *Phormion*, de Térence : *On ne s'avise pas de tendre des pièges à l'épervier ni au milan, oiseaux malfaisants, mais on en dresse à ceux qui ne font aucun mal*[7]. »

Mais devant la moue chaque fois dubitative de sœur Josepha, Catherine décida de garder ses émerveillements pour elle toute seule.

Enfin, un matin de février 1655, alors qu'elle lisait dans le *Gorgias*, de Platon : *L'injustice impunie est le premier et le plus grand de tous les maux*[8], Mathilde de Saint-Rouget se présenta devant elle, l'œil torve et le nez gonflé par un mauvais rhume. Elle avait une lettre pour elle. Elle était signée de la reine et ne contenait qu'un seul mot :

Revenez.

XXIV

Catherine fut doublement stupéfaite en arrivant au Louvre.

D'abord, le grand château aux merveilles qu'elle avait quitté un an plus tôt n'était plus qu'un immense chantier. Des échafaudages masquaient la plupart des façades, des bâches recouvraient des pans entiers de toiture et des ouvriers couverts de poussière couraient en tous sens au milieu de gigantesques tas de pierres, de palans, de charrettes… Partout résonnaient des cris, des sifflements, des grincements de scie, des coups de marteau, de burin.

Sa seconde surprise fut de découvrir que son rappel n'avait rien à voir avec la lettre qu'elle avait écrite.

Dans la voiture qui la ramenait au Louvre, traversant les campagnes pétrifiées de gel sous un ciel de suie, elle s'était longtemps, délicieusement représenté la scène : Mazarin qui lui bougonnait une excuse et la reine qui, après lui avoir un peu reproché d'avoir voulu lui faire épouser un marquis, lui pardonnait sa faute et lui offrait un bijou, une rente, un sourire, quelque chose pour s'excuser de l'avoir punie trop durement.

Pauvre Catherine.

Elle avait à peine posé le pied dans la cour verglacée du palais qu'un garde l'entraînait au pas de course dans les bureaux de Mazarin, où elle n'était encore jamais entrée. Ce fut Toussaint Rose qui la reçut, bonnet vissé sur la tête et mitaines aux mains. Il était assis à sa table de travail, derrière une montagne de dossiers. D'un sec mouvement du menton, il désigna une petite banquette.

« Monseigneur va vous recevoir. »

Les minutes passèrent, durant lesquelles on n'entendit que le crissement de la plume de Rose sur le papier et la rumeur assourdie du chantier. Catherine se demandait ce que fabriquait Mazarin. Peut-être répétait-il le petit discours gêné qu'il allait lui faire… De temps en temps, elle jetait un œil sur le secrétaire. À intervalles réguliers, il trempait sa plume dans un encrier en forme de cygne aux ailes éployées. Ses gestes étaient secs, précis, sans âme. On aurait dit un automate.

Enfin, une clochette résonna derrière la porte. « C'est à vous », fit Rose sans lever la tête et en continuant d'écrire.

La pièce dans laquelle Catherine pénétra était extraordinaire. La température était douce. Un feu crépitait dans une jolie cheminée de marbre. Des dizaines de candélabres faisaient briller les ors des portes jusqu'à ceux, lointains, des moulures du plafond. Les meubles étaient cirés, les tapis et les tentures d'une incroyable épaisseur. Contre les murs couverts de tableaux s'alignaient des fauteuils sur lesquels étaient jetées des peaux de bêtes. Dans un angle, un jeune éphèbe en or, sur son socle de pierre se dressait, torche en main, pour éclairer le portrait d'une femme au visage d'une délicatesse incomparable. Tout au fond de cette salle digne du palais du roi Alkinoos, debout les bras croisés devant un immense bureau d'acajou, Mazarin l'attendait. Sa moustache et ses cheveux avaient blanchi. Les couches de fard masquaient à grand-peine les cernes qui lui creusaient les yeux.

« Si cela n'avait tenu qu'à moi, vous seriez encore à croupir dans votre couvent, madame Beauvais, commença-t-il. Vous avez été rappelée parce que la santé de la reine s'est brusquement dégradée ces dernières semaines et que cet imbécile de Vallot est incapable de la soigner.

— Madame est malade ? Qu'a-t-elle ?

— Je l'ignore. Je ne suis pas médecin. Avant de vous rendre chez la reine, vous passerez chez Vallot. Il vous expliquera tout. Vous pouvez vous retirer. »

Mais Catherine ne bougea pas.

« C'est tout ?

— Comment ça, c'est tout ?

— Et ma lettre ?

— Votre lettre ? Quelle lettre ?

— Celle où j'expliquais comment le marquis d'Aubignac... »

À ce mot, Mazarin se précipita sur elle, les poings serrés. Elle crut qu'il allait la frapper.

« Comment oses-tu prononcer ce nom devant moi, *stronza* ?

— Je croyais que...

— Taisez-vous ! Sortez ! »

Au moment où elle quittait la pièce, éberluée de la tournure qu'avaient prises les choses, Mazarin lui lança :

« Et tenez-le-vous pour dit : au moindre faux pas, vous repartez d'où vous venez. »

Elle s'en alla chez Vallot en maudissant cette garce de Mathilde de Saint-Rouget qui avait dû détruire sa lettre et en remâchant la menace de Mazarin. Que cet homme, un an plus tôt, ait pu croire qu'elle manigançait contre lui, elle pouvait éventuellement le comprendre ; mais qu'il refusât aujourd'hui d'écouter ses explications la remplissait de rage. D'inquiétude, aussi : devrait-elle désormais passer le restant de sa vie à craindre de retourner aux Filles-Dieu ? Mais se ressaisissant, elle se dit : « Au diable, cet homme et sa défiance. La reine, elle, saura m'écouter. »

En poussant la porte du laboratoire de maître Vallot, elle faillit tomber à la renverse. La pièce débordait littéralement de plantes. Les végétaux – parmi lesquels figuraient du mélilot, des violettes, des passiflores, des aubépines, de la bardane – couraient partout comme des lianes, s'entortillaient autour des pieds des tables, s'accrochaient aux poignées des portes et des tiroirs, grimpaient le long des murs, obstruaient les fenêtres.

Il lui fallut un peu de temps pour trouver Vallot. Elle finit par le découvrir, derrière une rangée de pots de valériane, penché sur un alambic où bouillait un étrange liquide verdâtre. Il avait beaucoup maigri. Une grande barbe grise lui mangeait la moitié du visage. On aurait dit Merlin dans sa forêt de Brocéliande.

« Mais qu'est-ce qui s'est passé, ici ?

— Hein ? Quoi ? » sursauta Vallot. Puis, dans un sourire épuisé : « Ah ! Catherine ! Vous voici enfin !

— Me direz-vous ce qu'est ce jardin, monsieur Vallot ?

— Ça ? fit Vallot en regardant autour de lui. Eh bien… comment dirais-je… j'ai eu quelques démêlés avec cet imbécile de Charles Bouvard, le surintendant du Jardin royal. Ce serait un peu trop long à vous expliquer. Disons qu'aujourd'hui, je préfère me débrouiller tout seul plutôt que de demander de l'aide à ce jean-foutre. Je suis heureux de vous revoir, Catherine.

— Moi aussi, monsieur Vallot.

— Vous a-t-on dit que la reine était malade ?

— Le cardinal Mazarin vient de me l'apprendre. De quoi souffre-t-elle ?

— D'éruptions cutanées qui la font se gratter jusqu'au sang ainsi que de ce que je crois être une mycose vaginale.

— Vous n'en êtes pas certain ?

— Cette bigote refuse de me laisser regarder sous ses jupes. Si je suis parvenu à calmer ses démangeaisons en la tartinant d'emplâtre résolutif à base de palmier, de mucilage et de grenouilles, je n'ai rien pu contre ses problèmes intimes. Cela la gêne énormément. Elle ne peut rester plus de quelques minutes sur une chaise sans commencer à se tortiller dans tous les sens. Son humeur s'en ressent… Sans doute les événements qui se sont produits durant votre absence sont-ils pour beaucoup dans l'altération de son état de santé.

— Que s'est-il passé ?

— Vous l'ignorez ?

— Vous savez, soupira Catherine, là où j'étais, les murs étaient très hauts et les ouvertures très petites... »

Vallot raconta alors que Louis avait été sacré roi au mois de juin 1654, en la cathédrale de Reims ; que les Espagnols avaient fait le siège d'Arras au mois de juillet ; qu'au mois d'août, le cardinal de Retz s'était échappé de sa prison de Nantes grâce à une corde dissimulée sous sa simarre...

« Sans compter la folie qui a pris Mazarin de vouloir réunir le palais du Louvre à celui des Tuileries. Cela fait des mois que l'on vit dans la poussière et les cris. »

Puis, sans transition et baissant la voix comme s'il craignait d'être surpris :

« J'ai beaucoup d'admiration pour vous, vous savez...

— Pour moi ?

— Oser défier cette crapule de Mazarin comme vous l'avez fait... Quel courage ! Quelle folie aussi...

— Ah, mais non, fit Catherine... Je... »

Mais le médecin l'interrompit. Il lui posa la main sur le bras et, dans un sourire :

« Je comprends que vous préfériez ne pas parler de ça maintenant. Un autre jour, peut-être. Mais croyez-moi : je suis, et plus que jamais, votre ami. »

Catherine le regarda par en dessous. Était-il sincère ou bien avait-il été chargé par Mazarin d'enquêter sur la persistance de son animosité ? Dans le doute, elle prit la résolution, à l'avenir, de ne jamais se laisser entraîner sur ce terrain avec lui.

« Ah, Cateau ! » s'exclama la reine aussitôt que Catherine parut dans l'encadrement de la porte de l'antichambre. Sa Majesté était entourée d'une dizaine de confidentes – parmi lesquelles Catherine reconnut madame de Lignerolles et Julie de Saint-Bris –, qui, toutes ouvrirent des yeux immenses en la voyant paraître. D'un geste, la reine les renvoya.

« Madame… » commença Catherine en s'inclinant un peu. Mais la reine ne lui laissa pas le temps de poursuivre. L'attrapant par le bras, elle l'entraîna dans la chambre et, se laissant tomber sur le lit :

« Oh, Catherine, je n'en puis plus… »

Elle retroussa sa robe d'où s'échappa une violente odeur de poisson pourri.

« Regardez. »

Catherine se pencha. Un liquide blanchâtre suintait de la vulve gonflée de la reine. C'était bien une mycose.

« Pardonnez-moi, Madame, mais quand vous a-t-on auscultée pour la dernière fois ?

— Je ne sais plus, soupira la reine derrière le bourrelet de sa jupe retroussée. Voilà ce que c'est que d'avoir un homme pour médecin. Des heures d'explications ne remplaceront jamais un coup d'œil avisé. Allons, ne me faites pas languir plus longtemps : avez-vous un remède à me proposer ?

— Je crois, oui. Un traitement à base de…

— Dieu soit loué ! la coupa la reine en rabattant sa robe et en renfermant les odeurs. Allez vite vous mettre au travail. »

Catherine voulut évoquer l'affaire Aubignac et l'année qu'elle venait de vivre, mais le visage de la reine se ferma soudain comme une huître. Agitant la main comme on chasse une mouche, elle grinça :

« Vous êtes de retour. N'est-ce pas là l'essentiel ? »

Lorsque Catherine rejoignit sa chambre, furieuse de n'avoir été écoutée par personne, un billet anonyme l'attendait déjà sous sa porte.

Madame, ainsi donc vous voici revenue
Égale à vous-même, en bonne lavandière,
Remettre l'œil et le nez dans vos affaires.
Des langues ont dit que vous n'aviez pas perdu la main.
Et nous non plus, voyez, cet acrostiche en est témoin.

Ces mots, mêlés à ceux de Mazarin et à ceux que la reine n'avait pas dits, achevèrent de lui assécher le cœur.

XXV

Enfermée dans son laboratoire à préparer ses onguents et ses poudres, longeant les couloirs sous les regards en biais de Mazarin et des courtisans, elle ne songeait désormais plus qu'à prendre sa revanche sur tous ces gens qui n'avaient jamais vu en elle qu'un objet de service ou un sujet de dégoût.

Pour l'heure, le plus urgent était de se mettre à l'abri des menaces du cardinal. Elle ne chercha pas longtemps comment y parvenir. Sa science, pour laquelle on l'avait rappelée, cette science dont elle avait éprouvé les diaboliques vertus sur les nonnes des Filles-Dieu, serait son alliée : non contente d'inventer des remèdes pour la reine, elle lui inoculerait régulièrement quelque maladie bénigne mais bien douloureuse qu'elle laisserait mijoter quelques jours avant de la traiter.

Pour le reste, elle résolut de faire comme la tique en quête de l'hôte qui lui fournira sa nourriture : elle attendrait patiemment que l'occasion passe à sa hauteur pour lui sauter sur le dos.

Ce qu'elle s'attacha également à faire, ce fut d'obtenir de la reine la permission de reprendre sa place durant les promenades de la famille royale.

« Je puis vous assurer que la leçon a porté, Madame, lui dit-elle un matin tandis qu'elle la traitait pour la petite démangeaison vulvaire qu'elle lui avait infligée deux jours plus tôt.

— Tout de même… Ce que vous avez fait est grave, Cateau.

— Dieu sait, Madame, si je m'en repens. Je vous promets que ni vous ni monseigneur Mazarin n'aurez plus jamais à vous plaindre de moi. Au fait, Madame, ma pommade contre vos démangeaisons : se montre-t-elle efficace ? »

« Qu'elle parade avec nous ? s'était insurgé Mazarin. Auriez-vous oublié ce qu'elle a fait ?

— Si vous discutiez un peu avec elle et si vous voyiez l'ardeur qu'elle met à me soigner, Monsieur, vous comprendriez que nous n'avons plus rien à craindre.

— Et les courtisans ? Que vont-ils se dire en la voyant déambuler à nos côtés ?

— Ils se diront que nous savons faire preuve de magnanimité. »

Tous les matins, Catherine défilait en queue de cortège, la tête haute, heureuse d'infliger sa présence à Mazarin et aux courtisans, ravie de croiser leurs regards effarés ou de surprendre leurs murmures :

« Moi, je l'aurais laissée pourrir en exil.

— Allons, monsieur Nanteuil, ne soyez pas si dur. Notre Seigneur Jésus-Christ ne nous a-t-il pas demandé de pardonner à nos ennemis ?

— Sûrement pas quand ils ont le visage du démon et les doigts qui puent la merde, monsieur Pellisson. »

Et au voyageur en visite au Louvre qui, voyant passer Catherine, demandait avec effarement : « Qui est-ce ? », une marquise répondait, avant de tourner les talons : « C'est Cateau, la lavandière du postérieur de la reine. »

Et la tique, toujours, attendait.

XXVI

Au mois de juillet 1655, le roi et Mazarin s'en allèrent faire campagne contre les Pays-Bas espagnols, en emportant maître Vallot dans leurs bagages.

Cela faisait plusieurs semaines que Catherine ne le croisait plus qu'occasionnellement. Il passait ses journées enfermé dans son laboratoire et, lorsqu'il la rencontrait, n'échangeait avec elle que quelques mots rapides et insignifiants.

« Tout va bien, monsieur Vallot ?

— Ça va, ça va. »

Sa mine était grisâtre.

Toute la Cour vécut alors au rythme des comptes rendus enthousiastes qu'apportaient des émissaires fourbus et crottés : « Du haut de ses seize ans seulement, aboyaient les crieurs, le roi se montre d'une vaillance et d'un courage admirables. Il n'est pas las, même après être resté quinze heures à cheval. Hier, il est allé, près d'Avesnes, voir les gardes avancées du corps que monsieur le maréchal de La Ferté commande. »

Durant près de deux mois, Catherine eut la paix. C'était comme si toutes ces histoires de guerre la rendaient invisible. Elle passait dans les couloirs sans que personne ne se retourne plus sur elle, rentrait dans ses appartements sans plus craindre de s'en mettre plein les doigts et, le soir, dans son lit, lisait autre chose que des gros mots ou des lettres d'insultes : *La matière ordinaire des suppositoires est le miel commun aiguisé d'un peu de sel marin*, expliquait le bien nommé Estienne Colombin dans ses *Remèdes souverains contre les coliques et autres affections du bas-ventre. Si l'on veut faire des suppositoires plus forts, on y ajoute de l'électuaire d'hiera picra, des muscadins ou de l'aloès. Ceux-ci ont pour propriété d'apaiser les maux de ventre et de réduire les flatulences.*

Durant les séances de soins, tandis que la reine, accroupie sur sa cuvette de faïence blanche, s'inquiétait pour la vie de son fils, elle se prenait parfois à se demander ce qui se passerait si un boulet ou une balle venait à le défigurer : sa laideur n'irait-elle pas rendre la sienne plus supportable ?

L'impatience la prit de connaître le dénouement de cette affaire. Mais le résultat ne fut pas celui qu'elle escomptait. Au mois de septembre, Louis rentra sans une égratignure, plus beau, encore, qu'il n'était parti : ses traits, ses gestes s'étaient affermis. Seuls ses yeux brillaient d'une étrange lueur dont on n'aurait su dire si elle était due à une mauvaise fièvre ou au souvenir des horreurs de la guerre.

De toute façon, sans vouloir faire de peine à Catherine, même si Louis était devenu plus laid qu'elle, cela n'aurait rien changé : la laideur d'un roi sera toujours moins repoussante que celle de tous ses sujets réunis. Et il est très dommage, pour Catherine, que monsieur Boileau n'ait pas eu la bonne idée de naître un peu plus tôt, la lecture de cet extrait de la huitième de ses *Satires* lui aurait évité de perdre son temps à s'imaginer des choses :

> Quiconque est riche est tout.
> Sans sagesse il est sage.
> Il a, sans rien savoir, la science en partage.
> Il a l'esprit, le cœur, le mérite, le rang,
> La vertu, la valeur, la dignité, le sang.
> L'or même à la laideur donne un teint de beauté
> Mais tout devient affreux avec la pauvreté[9].

Celui qui lui parut terriblement éprouvé, en revanche, ce fut Vallot. Ses traits étaient encore plus tirés qu'avant son départ, son teint encore plus cireux, ses yeux encore plus enfoncés dans leur orbite. On aurait dit une momie sortie de son linceul. Mais Catherine ne put en savoir davantage car, aussitôt qu'il fut rentré, il courut s'enfermer dans son laboratoire.

XXVII

Vers la mi-septembre, une annonce enjouée traversa les couloirs de marbre du palais, entra dans les appartements, s'infiltra dans les alcôves décorées d'angelots, descendit jusque dans les caves : on partait à Fontainebleau où l'infatigable Louis, après avoir chassé des hommes, voulait, disait-on, tuer des bêtes.

Au cours du petit périple qui conduisit toute la Cour d'un château l'autre, Catherine, qui avait pris place dans le premier carrosse réservé à la maison de la reine, passa son temps le nez collé à la vitre. Elle était heureuse de quitter le Louvre, de sentir autre chose que des parfums de merde ou de musc ; d'entendre autre chose que la continuelle rumeur de la ville sur laquelle planait un perpétuel vacarme de cloches. Derrière la vitre, le monde faisait comme un grand tableau qui bouge. Des nuages au ventre strié de rose glissaient dans un ciel gigantesque, des arbres frémissaient sous le vent, des villages recroquevillés autour de leur clocher disparaissaient aussi vite qu'ils étaient apparus. De temps en temps, rarement, tant le présent l'accaparait, son esprit sautait les distances : elle pensait au château qui l'attendait là-bas, à ce palais d'or et de marbre dont Geneviève lui avait si souvent parlé et où ses songes d'enfant l'avaient si souvent conduite.

Aussitôt que les voitures s'arrêtèrent dans la cour du château de Fontainebleau, ce fut une ruée à l'intérieur de l'édifice où chacun se mit en devoir d'occuper la meilleure chambre possible, faisant valoir ses titres ou ses quartiers de noblesse lorsqu'il s'agissait de défendre les appartements que l'on s'était choisis ou de déloger l'intrus qui avait osé s'y introduire.

Quant à Catherine, elle resta longtemps plantée au milieu de la cour. Ce château n'avait pas grand-chose à voir avec le joli palais dont lui avait autrefois parlé Geneviève. En guise d'une maison de fées, elle se trouvait face à une énorme bâtisse trapue comme un crapaud et que de longs et fins conduits de cheminée mauves tentaient en vain d'alléger.

« Eh bien, madame Beauvais, vous venez ? » C'était monsieur de Béthune qui l'appelait du sommet du perron, bousculé par des hordes de serviteurs qui n'en finissaient pas d'entrer et de sortir.

Une fois à l'intérieur du bâtiment, Catherine s'en voulut de l'avoir si vite et si mal jugé. Partout, plus encore qu'au Louvre, régnaient la grâce et la délicatesse. C'était un assemblage de curiosités diverses et charmantes, de tables aux pieds torsadés, de buffets sculptés d'acanthes et de rinceaux, de longs couloirs percés d'immenses fenêtres, de plafonds à caissons multicolores d'où tombaient de grands lustres de cristal comme des cascades de diamants.

« Tous les rois qui se sont succédé ici, expliqua monsieur de Béthune, de François Ier à Louis XIII en passant par Henri II et Henri IV, ont laissé la marque de leur passage et de leurs goûts. »

Cet agglomérat de styles et de personnalités si particuliers, si différents, loin de se heurter, s'harmonisaient, s'épousaient à merveille, tout comme s'harmonisent et s'épousent les traits des parents sur le visage d'un enfant.

Une pièce, surtout, impressionna Catherine : l'immense salle de bal décorée d'or, de fresques et de lambris, à laquelle on accédait après avoir longé un austère petit couloir de pierres nues. Tandis que monsieur de Béthune détaillait avec enthousiasme les scènes mythologiques représentées aux murs, Catherine eut soudain la vision de sœur Josepha, tournoyant, heureuse, dans sa jolie robe de satin bleu, et elle se dit : « Un jour, moi, je danserai ici. »

En attendant ce jour, et comme la reine, après le soin du matin, lui laissait quartier libre jusqu'au soir, elle prit l'habitude de parcourir les futaies et les bois à la recherche de simples. Elle rapportait de ces courses, à défaut de plantes vraiment efficaces, un extraordinaire sentiment de liberté. Elle avait chaque fois l'impression de partir se promener dans une page des *Géorgiques* de Virgile, mais une page qui serait devenue vivante. Les corbeaux croassaient, le vent sifflait entre les branches, dispersait des odeurs de fumée, de champignons, de feuilles pourrissantes. Et dans ce monde où rien ni personne ne lui disait qu'elle était laide, tandis qu'au loin, résonnaient les coups de fusil des chasseurs, elle se récitait ces vers de Virgile qu'elle avait lus, autrefois, dans le grenier de Geneviève, alors que la nature n'était encore pour elle qu'une idée, une chose incertaine qu'elle se désespérait de connaître un jour :

> Tels, sans les soins de l'art, d'elle-même autrefois
> La nature enfanta les vergers et les bois,
> Et les humbles taillis, et les forêts sacrées[10].

L'heure passait. L'après-midi venait. Les ombres s'épaississaient. Il était temps de rentrer faire bouillir ses clystères.

XXVIII

Un soir que Catherine achevait de ranger ses instruments dans son sac de cuir, la reine lui dit :

« Demain soir, vous venez avec moi, Cateau.

— Avec vous ? Où ça ?

— Chez madame de Verneuil. Elle donne une petite réception en ses appartements. »

Et, devant la mine abasourdie de Catherine :

« Il est grand temps que les gens se fassent à votre présence, Cateau… »

Est-il utile de dire combien ces mots réjouirent Catherine ?

Le lendemain soir, après avoir passé la jolie robe de velours vert qui faisait partie de son trousseau de femme de chambre – et que les couturiers de monsieur Fabregue avaient eu tant de mal à ajuster à ses formes –, Catherine se présentait avec la reine devant les portes des appartements de madame de Verneuil.

Aussitôt qu'elles parurent, toutes les voix se turent. Dans l'air surchauffé flottait une pénible odeur de parfums musqués, de sueur et de suie. Elles traversèrent la pièce au milieu des révérences et des murmures. C'était, pour Catherine, un spectacle extraordinaire, et très intimidant, tout de même, que de se retrouver au milieu de tous ces hommes si bien mis et de toutes ces femmes vêtues de soie et au cou cerclé d'or ou de diamants. Dans le coin gauche de la pièce, un petit orchestre jouait ; à droite, assis autour d'une table ronde, un homme et une femme se livraient à une partie de cartes sous les regards attentifs d'une petite assemblée. Des domestiques passaient au milieu des groupes avec du vin de Champagne et des biscuits.

Lorsqu'elle reprit ses esprits, la reine avait disparu. Un instant, Catherine resta interdite au milieu de tous ces gens qui tantôt la regardaient du coin de l'œil, tantôt faisaient semblant de ne pas la voir. Pour mettre fin à cet instant de gêne, elle attrapa un verre de vin sur le plateau d'un domestique et se dirigea vers la table de jeu d'où montaient des applaudissements et des bravos. Alors qu'elle l'atteignait, elle surprit une conversation entre deux femmes qui lui tournaient le dos.

« Quel besoin la reine a-t-elle de s'afficher avec son épouvantail ?

— Ne serons-nous jamais débarrassés de cette horrible chose ? »

On jouait au piquet. Il ne fallut que quelques secondes à Catherine, dressée sur la pointe des pieds, pour découvrir que l'homme trichait. Effrontément. Elle voyait tout ce que les autres ne voyaient pas : les fausses coupes, les faux mélanges, les cartes interchangées, les glissages, les forçages… Elle voyait aussi la figure flétrie d'angoisse de son adversaire, une grosse femme aux doigts boudinés et aux aisselles odorantes.

Devant Catherine, un homme chuchota à l'oreille d'un autre :

« J'aimerais tellement qu'il perde, pour une fois ! »

Mais dix minutes plus tard, la grosse femme avait tout perdu.

« Il n'y a de la chance que pour la canaille », grinça une petite vieille.

Au moment où le vainqueur lançait à la ronde sur un air de mépris : « Eh bien ? À qui le tour, à présent ? » la tique se réveilla soudain. Elle l'épouvantail, elle l'horrible chose dont personne ne voulait, allait infliger à ces gens cette revanche qu'ils se désespéraient de prendre un jour.

Fendant la foule du bras, elle s'avança.

« À moi… »

Tout le monde la regarda avec stupéfaction.

« Vous savez jouer au piquet, vous ? ricana l'homme.

— Un peu…

— On a bien vu des singes jouer aux cartes, gloussa une femme.

— Encore faut-il avoir de quoi miser… reprit le joueur. Nous ouvrons la partie à trois mille et je doute que… »

Catherine tira de son corsage la bourse qui contenait le diamant de Geneviève.

« Cela est-il suffisant ? »

L'homme fit brièvement s'iriser le bijou sous la flamme d'une chandelle. Son œil s'alluma.

« Je… Cela devrait faire l'affaire. Installez-vous. »

On disposa devant Catherine un imposant tas de jetons.

L'on se souvint longtemps de cette partie. Si longtemps que, bien des années plus tard, alors que tous les protagonistes, ou presque, de cette histoire avaient disparu, le marquis de Simonin, qui assista à la scène, en fit le récit dans ses *Mémoires* : « Les premières tailles furent toutes à l'avantage du comte de Rocambourt. Déjà, plusieurs de ceux qui faisaient cercle autour des joueurs quittèrent le spectacle, dépités d'assister à ce massacre ou de n'être pas à la place de monsieur de Rocambourt pour empocher le diamant de la Beauvais. À la quatrième taille, le sort du joyau semblait scellé et le comte n'en finissait pas de sourire, de ce petit sourire vulgaire que tout le monde lui détestait. Mais voici qu'à la cinquième taille, alors que la Beauvais venait de distribuer le jeu, un déluge de cartes contraires lui fit perdre toute son avance et sa belle contenance. Il se fit entendre un « Oh ! » dont on ne sut s'il était de plaisir ou de dépit. Le comte demanda une pause et se leva pour se faire servir une coupe de vin de Champagne. Pendant ce temps, la Beauvais resta assise face à la table, à tourner et retourner les cartes entre ses doigts. Enfin, monsieur de Rocambourt vint se rasseoir. Mais voulant forcer la fortune pendant la sixième taille, il joua en vrai étourdi et finit par perdre tous les jetons qu'il avait devant lui. »

Ce que le marquis de Simonin ignora toujours à propos de Catherine (en dehors du fait qu'elle trichait encore mieux que le comte de Rocambourt), c'est à quel point elle était heureuse. Elle était la magicienne qui faisait sourire ou pâlir son adversaire à l'envi, la sorcière qui faisait naître de la sidération dans l'âme et le regard des gens. Au moment où elle abattit le sept de trèfle qui lui fit remporter la partie, il se fit un silence glacial. Tout le monde se regarda avec gêne. Quelqu'un toussa. Puis, un à un, emboîtant le pas à monsieur de Rocambourt qui s'éloignait, livide, les spectateurs laissèrent Catherine toute seule devant son diamant et son petit tas de pièces d'or et avec, sur les lèvres, un immense sourire que beaucoup prirent pour une grimace.

Durant les jours qui suivirent, les courtisans, emmenés par monsieur de Rocambourt, lui firent chèrement payer sa victoire. Les billets qu'elle retrouvait sous sa porte furent même bientôt si nombreux qu'il lui aurait fallu plusieurs heures pour tous les lire.

Et puis, une nuit, alors que, le drap au menton, elle lisait les recettes en vers de Nicandre de Colophon, un étrange médecin grec pour qui la science, sans la poésie, n'était qu'un corps sans âme, on frappa à sa porte : deux petits coups si brefs, si discrets qu'elle crut d'abord avoir rêvé. Mais les deux coups se firent de nouveau entendre, accompagnés, cette fois-ci, d'une voix d'homme étouffée :

« Madame Beauvais… Madame Beauvais… Ouvrez. Vite.

— Qui est là ?

— C'est moi, fit la voix, monsieur de Béthune. »

Catherine entrouvrit la porte et le visage du premier écuyer de la reine lui apparut dans le halo jaunâtre d'une bougie.

« Monsieur de Béthune ? Que se passe-t-il ? Pourquoi chuchotez-vous ainsi ?

— La reine vous fait mander.
— La reine ?
— Allons, dépêchez-vous… »

La bougie de monsieur de Béthune jetait autour d'eux des lueurs fantastiques et inquiétantes. Parfois, émergeaient de l'ombre des fragments de statues, des angles de commodes, des volées d'escaliers qui partaient se perdre dans la nuit. Et l'on aurait pu penser, en voyant passer ces deux silhouettes nimbées de cette pauvre lumière, l'une marchant devant à grandes enjambées, l'autre claudiquant derrière, à quelque tableau d'un La Tour mâtiné de Brueghel.

Pas une seule fois, durant le trajet, monsieur de Béthune ne lui adressa la parole et Catherine eut tout le temps de se demander ce qui se passait. Certes, ce n'était pas la première fois que la reine la faisait appeler au milieu de la nuit. Mais elle l'avait quittée parfaitement bien portante quelques heures plus tôt. Alors quoi ? Avait-elle reçu les doléances de monsieur de Rocambourt ? Allait-elle la gronder d'avoir ridiculisé un noble et lui demander de lui rendre son argent ?

Enfin, ils arrivèrent devant la porte des appartements de la reine que deux Suisses ouvrirent aussitôt en détournant la tête, ainsi qu'ils le faisaient chaque fois que Catherine paraissait. Sans doute est-il des dégoûts insurmontables. Mais gageons que ces deux esthètes auraient facilement dominé leur répugnance si on leur avait dit qu'à cet instant précis passait devant eux non pas la monstre de la reine mais la femme qui allait sauver la Couronne.

XXIX

Catherine fut stupéfaite de ne trouver la reine ni gémissant de douleur dans son lit ni en colère. Elle était assise dans un grand fauteuil de velours noir, encadrée de Mazarin et de maître Vallot. Ses yeux étaient rougis. On aurait dit qu'elle avait pleuré. Aussitôt que Catherine parut, Mazarin se précipita sur elle, les traits déformés par l'inquiétude et la colère.

« Jurez-nous que tout ce que vous allez entendre ne sortira jamais d'ici.

— Je… »

Le cardinal la saisit par le bras, cria :

« Jurez-le !

— Je vous en prie, Monsieur, pas si fort, intervint la reine, et Catherine ne sut si elle voulait qu'il baisse la voix ou qu'il desserre un peu son étreinte.

— Je le jure. »

Mazarin la relâcha. Il se tourna vers Vallot et, d'un geste de la main, comme on commande à un domestique :

« Vallot, expliquez. »

Le médecin se racla la gorge, se tritura les doigts.

« Eh bien, commença-t-il, vous ne le savez pas, Catherine, mais… le roi souffre d'une grave affection et… »

Il marqua une pause, visiblement gêné et inquiet.

« Continuez, ordonna Mazarin qui s'était mis à marcher de long en large dans la pièce. Cette situation est pénible pour nous tous.

— Voilà… Hum… Tout a commencé il y a maintenant quatre mois. Au réveil, les chemises de Sa Majesté étaient gâtées d'une matière dont la couleur était fort jaune mêlée de vert… Je… J'ai d'abord cru à quelque pollution nocturne, mais, après avoir procédé à des examens de goût et de texture, je… j'en suis arrivé à la conclusion que… (il jeta un coup d'œil du côté de la reine dont les yeux s'étaient emplis de larmes) que ce mal est… comment dirais-je… d'une tout autre nature, et, surtout… qu'il risque de le priver de descendance… »

Il se fit soudain entendre un bruit étrange, comme un petit coup de trompette : la reine se mouchait.

« Comprenez-vous bien, madame Beauvais, ce que cela signifie ? gronda Mazarin.

— Heu… Je crois, oui, répondit Catherine, qui n'en revenait pas de ce qui était en train de se jouer devant elle.

— Monsieur Vallot a commencé un énergique traitement à base d'eaux de Forges, de saignées, de raclures de corne de cerf et d'essences de fourmis, intervint la reine, mais…

— Vous êtes un incapable, Vallot ! s'écria Mazarin. Rien ne marche ! »

Catherine regarda Vallot qui, blanc comme un linge, fixait la pointe de ses chaussures.

« Voilà pourquoi nous avons besoin de vous, Cateau, reprit la reine.

— De moi ?

— Oui. Vos baumes, vos onguents, vos pommades… » Ses larmes se remirent à couler : « Oh, Catherine, il faut mettre toutes les chances de notre côté. Peut-être vos deux sciences mêlées, la vôtre et celle de monsieur Vallot, nous permettront-elles de sortir de ce cauchemar. »

Catherine dévisagea longuement les trois personnages qui lui faisaient face. Il y avait une telle attente dans leurs regards, un tel désir d'elle, une telle inquiétude, aussi, qu'elle eut soudain la formidable et grisante impression, pour la première fois de sa vie, d'être assise au sommet d'une montagne d'où elle dominait le monde. Approcher le roi, le soigner, gagner sa confiance ; n'avoir plus jamais rien à craindre de Mazarin ; faire définitivement crever de jalousie les courtisans…

Un instant encore, la tique continua de se balancer au-dessus de l'extraordinaire festin qui s'offrait à elle, se demandant, tout de même, ce qui se passerait si elle échouait à soigner le roi. Mais sa fringale était telle que, oubliant toute prudence, elle se laissa tomber sur sa proie.

« Quand pourrai-je ausculter Sa Majesté ? »

Mazarin manqua s'étouffer.

« Vous ? Ausculter le roi ? Jamais de la vie !

— Mais…

— Vous m'avez parfaitement compris. Nous rentrons à Paris demain. Vous resterez dans votre laboratoire. Vallot vous tiendra informée au jour le jour de l'évolution de la maladie et… »

Alors, la tique, sentant sa proie s'échapper, joua son va-tout.

« Des heures d'explications ne vaudront jamais un coup d'œil avisé, Monseigneur. Je dois absolument examiner Sa Majesté…

— Certainement pas.

— Heu… Si je puis me permettre, Monseigneur, intervint Vallot d'une petite voix craintive, je crois que cette visite est indispensable…

— De quoi vous mêlez-vous, vous ? » lui lança Mazarin en se retournant brusquement.

Alors, il se passa quelque chose d'incroyable. La reine vint se planter devant le cardinal et lui dit :

« Cela suffit, Monsieur. Si Cateau dit qu'elle a besoin de voir mon fils, elle le verra. Et maintenant, retirez-vous. Tous. Je suis épuisée. »

Vallot tint à raccompagner Catherine chez elle. C'est à peine si elle fit attention à lui tant elle n'en finissait pas de se remémorer la scène extraordinaire qu'elle venait de vivre et de songer à l'immense bénéfice qu'elle allait, elle l'espérait, tirer de cette aventure.

Mais au moment où elle s'apprêtait à fermer sa porte, le médecin lui dit :

« Puis-je m'entretenir encore un instant avec vous, Catherine ? »

Elle crut d'abord qu'il voulait échanger avec elle à propos de la maladie du roi et la préparer à sa future visite. Mais sitôt qu'il fut entré et qu'elle eut refermé la porte, il s'abattit dans un fauteuil et se prit la tête entre les mains.

« Oh, Catherine, sanglota-t-il… C'est épouvantable…

— Que se passe-t-il ?

— Si nous n'arrivons pas à guérir le roi, je serai chassé…

— Chassé ?

— Oui. Mazarin me l'a dit ce matin.

— Je ne veux pas dire, monsieur Vallot… Mais les raclures de corne de cerf et les essences de fourmis…

— Je sais… Je sais… » soupira le médecin en écartant les bras en signe d'impuissance.

Il leva sur elle des yeux rougis.

« J'ai six enfants, Catherine…

— Pourquoi n'êtes-vous pas venu me trouver plus tôt ?

— J'avais ordre de ne parler de cette maudite affaire à personne.

— Je comprends… »

Alors, devant cet homme épuisé et vaincu, devant ce père dont l'avenir et celui de ses six enfants dépendaient de celui d'un autre, la tique, un bref instant, reprit forme humaine. Catherine s'approcha de lui et, lui posant la main sur le bras :

« Nous le soignerons, monsieur Vallot. Je ne sais pas encore comment, mais nous le soignerons. »

XXX

Durant tout le voyage de retour à Paris, Catherine ne vit pas grand-chose du paysage qui défilait derrière la vitre. Calée dans un angle du carrosse, indifférente aux coups d'œil de ses compagnes de voyage, elle n'arrêtait pas de songer à la maladie du roi, de penser aux vertus de ses plantes, d'essayer de les assembler en électuaires ou en baumes, comme le joueur d'échecs imagine les combinaisons de ses pièces sur son échiquier. Mais quelle stratégie adopter lorsqu'on ignore tout de l'adversaire que l'on va affronter ? Toute à ses réflexions, c'est à peine si elle se rendit compte que la voiture s'immobilisait dans la cour du palais.

Le soir venu, après avoir passé l'après-midi à vainement chercher dans les livres comment traiter les blennorragies, Catherine s'en alla, avec Vallot, trouver le roi en ses appartements.

Jamais, depuis toutes ces années qu'elle était entrée au service de la reine, elle n'avait eu l'occasion d'approcher Louis de près. Certes, elle était du cortège qui l'accompagnait durant les promenades matinales ; certes, elle le croisait souvent dans les couloirs ou les allées des jardins, environné de courtisans. Mais les choses en étaient toujours restées là. Jamais il n'avait fait attention à elle. Elle s'était souvent demandé si cette indifférence n'était pas feinte, tant il est vrai que certaines personnes préfèrent ignorer les choses qui leur répugnent plutôt que de les affronter.

Mais lorsqu'il la vit paraître pour la première fois, son visage n'exprima aucune surprise, aucun dégoût.

« Je sais, depuis longtemps, le bien que vous faites à ma mère », lui dit-il, comme s'il avait lu dans ses pensées.

Puis, tandis qu'elle déballait ses instruments :

« Croyez-vous que vous saurez me guérir, Madame ?

— Je l'ignore, Sire. Il faut d'abord que je vous examine. »

Le roi jeta un coup d'œil du côté de Vallot, comme s'il cherchait son assentiment. Celui-ci ayant hoché la tête, il retroussa sa chemise.

Si, au cours de ses recherches, Catherine avait été régulièrement amenée à découvrir des planches anatomiques représentant le sexe des hommes, c'était la première fois qu'elle en voyait un en vrai (celui de Pierre Beauvais était toujours sagement resté enfermé au fond de sa culotte). La première chose à laquelle elle pensa, en observant le petit membre boudiné et malodorant du roi, c'était que cette chose était tout de même très laide. D'autant plus que la maladie ne l'arrangeait pas.

De temps à autre, elle observait le visage du roi à la dérobée. Il fermait les yeux. Sa mâchoire était crispée. Elle n'insista pas lorsqu'il refusa de se laisser palper les bourses, par où, comme le disaient les livres, transitait la semence corrompue.

Elle l'interrogea sur les douleurs qu'il ressentait, lui demanda si le flux qui lui sortait de la verge était régulier ou sporadique, s'il souffrait de fièvres et se garda bien de le questionner sur les causes de cette infection : il est, de toute façon, des maladies qui parlent d'elles-mêmes. C'est lui qui aborda le sujet tandis qu'elle achevait de refermer son sac.

« Voilà ce qui arrive, dit-il, lorsque l'on fait trop de cheval… »

« À vous aussi, il a raconté cette grotesque histoire de cheval ? » demanda Catherine à Vallot au sortir de la consultation.

Vallot rougit et regarda avec inquiétude autour de lui.

« Puis-je compter sur votre absolue discrétion, Catherine ?

— Naturellement.

— Eh bien… Ce n'est pas lui qui me l'a racontée. C'est moi qui lui ai suggéré de la dire…

— Comment ça ?

— Il est des vérités qu'il vaut mieux cacher à une mère qui croit que son fils est toujours vierge…

— Vous voulez dire que…

— Oui. La reine ignore tout des véritables causes de ce mal.

— Mais pourquoi m'a-t-il menti, à moi ?

— Il vous connaît à peine…

— Et Mazarin ?

— Il ignore tout, lui aussi. Mais pour d'autres raisons…

— Lesquelles ? »

Vallot regarda autour de lui avec plus d'inquiétude encore.

« Vous me jurez que vous ne direz rien ?

— Bien sûr.

— Eh bien, je ne suis pas certain qu'il apprécierait de savoir que c'est sa propre nièce, Olympe Mancini, qui a contaminé Sa Majesté…

— Sa nièce ?

— Chut ! s'affola Vallot. En tout cas, je vous conseille de dire comme moi : que c'est la pratique assidue de la voltige qui est la cause de cette chaude-pisse. »

Catherine n'insista pas. Finalement, les causes de cette infection n'avaient aucune importance. Que Louis ait attrapé ce mal en sautant sur le dos d'un cheval ou sur la croupe d'une dame ne changeait rien à l'affaire : il fallait agir, et vite.

XXXI

Les décoctions de bruyère mélangées de thym, d'ail, de propolis et de miel rosat qu'elle avait mises au point pour traiter les brûlures urinaires de la reine servirent de base à ses premières expérimentations. Encore fallait-il savoir comment administrer au roi sa médication.

Ce furent alors des nuits entières à aller, avec monsieur Vallot et un foulard sur le nez, expérimenter sa potion sur quelques malades de l'Hôtel-Dieu.

Chaque fois que Catherine pénétrait dans cet immense bâtiment creusé d'interminables couloirs, elle ne pouvait s'empêcher de frissonner. À quelques centaines de mètres à peine des plaisirs et des ors du palais, était un cloaque d'ombres et de cris.

La plupart des malades, quelle que fût leur affection, étaient rassemblés dans un immense dortoir qui puait l'urine, les chairs moisies et la soupe surie. Ce spectacle misérable était compensé par l'extraordinaire dévouement des sœurs qui s'occupaient de l'endroit. Sans doute n'étaient-elles pas les femmes les plus tendres et les plus patientes de la terre. Mais au moins ne passaient-elles par leur temps, comme les nonnes des Filles-Dieu, à marmonner des prières, persuadées que cela suffirait pour changer le monde.

Durant huit jours, Catherine administra sa potion à quatre hommes. Le premier n'était traité que par voie orale, le second que par voie anale, le troisième par injections dans l'urètre et le quatrième par tous ces conduits à la fois.

Jamais, encore, maître Vallot n'avait vu Catherine travailler. Le spectacle qu'elle offrait n'en finissait pas de le fasciner. C'était, se disait-il émerveillé, tandis qu'il éclairait la scène avec son chandelier, comme si cette femme avait eu besoin de ce corps difforme pour accomplir sa tâche : de ces doigts crochus pour bien saisir les instruments et les introduire dans des orifices qui n'étaient pas prévus pour ça ; de cet œil immense pour distinguer parfaitement les moindres détails du corps et l'exacte nature des affections. Son nez, énorme, semblait fait pour percevoir les mille et un parfums que la nature ou les hommes sont capables de produire. Et devant cet être si parfaitement bâti pour servir son art, il se demandait, songeur : « N'y a-t-il pas là une forme de grâce ? »

Mais au bout d'une semaine, grâce ou pas, l'état des patients ne s'était pas amélioré. Au contraire : le premier souffrait désormais de brûlures d'estomac, le second d'incessantes flatulences, le troisième avait vu sa verge doubler de volume et le quatrième subissait tous ces maux en même temps.

S'inspirant de la théorie de Paracesle qui veut que l'aspect d'une plante se rapproche de ses propriétés thérapeutiques, Catherine mit alors à bouillir ensemble toutes sortes de plantes dont la forme évoquait les organes génitaux masculins : *Asparagus officinalis*, *Bifora testiculata*, *Ranunculus ficaria*, *Ficus carica*, orchidée, *Allium porrum*, *Phallus impudicus*. Mais cette virile (et puante) mixture ne fit qu'aggraver les choses.

« Ah ! soupirait Vallot, les traits toujours plus tirés. Il est bien dommage qu'Asclépios soit mort.

— Asclépios ?

— Le dieu grec de la médecine : il apparaissait dans les rêves des patients et les guérissait en touchant leur partie malade. »

Parfois, Mazarin venait s'enquérir de l'avancée des recherches. Il entrait dans le laboratoire sans dire un mot, tournait autour des tables, mettait le nez dans les fioles et les livres, feuilletait les cahiers remplis de formules et repartait comme il était venu, laissant flotter dans la pièce un écœurant parfum de patchouli et dans les âmes un formidable sentiment de crainte.

Les jours passaient. L'inquiétude grandissait. Vallot se voyait déjà confier ses six enfants à l'Assistance publique. Mais, un matin, une décoction à base de fleur d'airain, de miel, de thym et d'eucalyptus sembla faire quelque effet sur le malade numéro trois.

« Vous croyez que… demanda Vallot à Catherine, les yeux brillants d'espoir.

— Je ne suis sûre de rien, monsieur Vallot. La seule chose dont je suis certaine, c'est qu'il est plus que temps d'essayer quelque chose. »

XXXII

Les premières séances de soins furent laborieuses. D'autant que Catherine se retrouva presque aussitôt seule avec le roi, Vallot devant s'occuper de la reine que ses démangeaisons avaient reprise et qui, de surcroît, s'était mise à souffrir de violentes migraines.

Louis n'était pas un malade facile. Non content de toujours tergiverser avant de remonter sa chemise, il se raidissait de tout son corps lorsque Catherine s'approchait de lui. Il était même parfois si contracté qu'elle ne parvenait pas à lui introduire la seringue dans l'urètre.

« Il doit absolument se détendre, expliqua Catherine à Vallot, un matin qu'elle était allée le rejoindre dans son laboratoire. Hier soir encore, je n'ai pu lui administrer mon traitement. Et puis je ne sais pas si c'est le fait d'être soigné par une femme, mais il fait montre d'une pudeur qui n'arrange rien et…

— Cela n'a rien à voir avec votre sexe, la coupa Vallot tout en observant par transparence la potion qu'il tâchait de mettre au point pour soulager la reine de ses maux de tête. Depuis trois ans, j'éprouve moi-même souvent de grandes difficultés à le faire se déshabiller pour l'examiner. » Il soupira : « Quand je pense qu'avant, c'était le malade le plus doux, le plus facile qu'il y eût sur terre…

— Je comprends, sourit Catherine. Les enfants grandissent.

— Mmm… Sans doute. Mais je crains qu'il y ait autre chose dans cette pudeur.

— Quoi donc ? »

Vallot marqua un temps. Puis, baissant la voix :

« Eh bien… On raconte qu'un soir de juin 1652, à Melun, le roi qui n'était alors âgé que de treize ans et neuf mois est revenu de chez Mazarin, chez qui il était allé souper, bouleversé… et souillé.

— Mais… C'est épouvantable ! s'exclama Catherine en blêmissant. Êtes-vous certain de cette histoire ? Cela semble si inconcevable…

— En tout cas, ce que je vois, moi, c'est que depuis cette date, le roi s'est mis à refuser certaines de mes auscultations et médications. Son regard s'est voilé d'une sorte de tristesse qui ne part plus. »

Il leva sur Catherine des yeux brillants de colère.

« Je suis certain qu'il l'a fait. »

Cette nuit-là, Catherine rêva qu'elle était dans une chambre en forme de cage. Devant elle, un oiseau rouge, immense, battait des ailes, renversait tout sur son passage, poursuivant fébrilement un enfant terrifié qui criait, cognait les barreaux, tentait de s'échapper. Et elle, elle pleurait, parce que l'oiseau s'abattait sur l'enfant et qu'elle ne pouvait rien faire.

XXXIII

Les premières rumeurs commencèrent trois jours seulement après que Catherine eut commencé de donner ses soins au roi. Chez mademoiselle de Scudéry, monsieur Conrart, tout environné de la fumée de la cheminée, qui tirait mal, lisait, encore et toujours, des pages de son récit sur la Fronde :

« *Cependant les gens de Monsieur le Prince gardaient toujours les ponts de Charenton, de Neuilly et autres, qui avaient été rompus*[11].

— Vous raconterez ce jour de juillet 1652 où les troupes de Condé ont envahi l'hôtel de ville et tué tout le monde ? » le coupa soudain madame de Sévigné.

Monsieur Conrart la regarda sévèrement par-dessus ses bésicles.

« Bien sûr que je le raconterai. Je peux continuer ?

— Heu… Oui… répondit madame de Sévigné en rougissant. Excusez-moi.

— *Les troupes du roi et des princes étaient aussi toujours depuis Chartres jusques à Étampes, où elles faisaient des ravages étranges…*

— Pardonnez-moi de vous interrompre à mon tour, fit monsieur Isarn. Mais, cet horrible séjour que nous avons passé au château de Saint-Germain-en-Laye durant l'hiver 1649 avec la famille royale, vous le raconterez aussi ?

— Évidemment, gronda monsieur Conrart, exaspéré.

— Tant mieux… Tant mieux… Il faut que les gens sachent ce que nous avons souffert dans cette ignoble maison qui n'avait de palais que le nom.

— Bon, où en étais-je ? Avec toutes ces interruptions…

— Vous parliez de ravages étranges…

— Ah oui. Donc : … *où elles faisaient des ravages étranges... Et tous les jours on entendait parler de quelque nouvelle maison qu'ils avaient pillée. Le mardi, après dîner…*

— Vous saviez que Cateau rejoint le roi dans sa chambre toutes les nuits ? »

C'était monsieur Nanteuil qui arrivait en retard.

Aussitôt, oubliant Conrart et la Fronde, on fit cercle autour du peintre.

« Qu'est-ce que vous racontez ?

— Je ne fais que vous répéter ce qu'on m'a dit.

— Voyons, dit Paul Pellisson, c'est ridicule. Qu'irait-elle faire là-bas ?

— Celui ou celle qui vous a dit ça a dû rêver.

— Oui. Ou bien on a voulu se moquer de vous… »

Mais monsieur Nanteuil ne voulut pas en démordre, et l'on s'amusa beaucoup, une fois rentré chez soi, de ce naïf à qui l'on pouvait faire gober n'importe quoi. À part monsieur Conrart, qui, lui, passa une grande partie de sa nuit à maudire cette assemblée d'imbéciles qui, non contents de lui avoir à tout bout de champ coupé la parole, préféraient les ruelles des ragots aux avenues de l'Histoire.

Depuis l'histoire qu'avait racontée monsieur Vallot, ce n'était plus seulement la tique qui, toutes les nuits, s'en allait retrouver le roi. C'était aussi la femme bouleversée à l'idée que ce jeune homme avait peut-être été abusé par un monstre.

À force de se montrer délicate et prévenante avec lui, à force de lui expliquer les soins qu'elle s'apprêtait à lui prodiguer et de lui masser doucement le ventre à la fin de chacune des séances, Catherine finit par gagner sa confiance. Une nuit, il ne se rendit même pas compte qu'elle lui introduisait la seringue dans l'urètre. Durant toute la séance, il ne parla que de danse. Il raconta comment, un jour de 1654, il avait joué quatre rôles successifs dans *Les Noces de Thétis et de Pélée*, un opéra italien mêlé de ballet. Il avait été Apollon, un académiste burlesque, une dryade, une furie. Sa voix tremblait un peu tandis qu'il évoquait sa performance, se souvenait des costumes qu'il avait portés et des centaines d'yeux braqués sur lui. Il était intarissable. Et il fut tout éberlué lorsque Catherine lui dit : « J'ai fini, Sire. »

À chaque séance, leurs discussions se faisaient plus libres, plus intimes. La chambre, à peine éclairée par quelques bougies, prenait des allures de boudoir. Il lui parla de Tiberio Fiorelli, un acteur italien qui le faisait beaucoup rire, enfant, lorsqu'il venait au Louvre avec son singe, son perroquet et sa guitare ; elle lui parla de Geneviève, de ses chansons, de ses yeux qui brillaient tandis qu'elle évoquait le souvenir de Louis XIII, et Louis fut fort désolé d'apprendre qu'elle était morte.

Les soins étaient parfois achevés depuis plus d'une heure qu'ils discutaient encore.

Une nuit, elle trouva Louis extrêmement fatigué et gémissant. Sa journée avait été éprouvante. Il l'avait passée à serrer les dents, tâchant de masquer au mieux les violentes douleurs qui, au matin, l'avaient saisi dans le bas-ventre. Un instant, Catherine craignit le pire, mais après une rapide auscultation, elle fut soulagée de découvrir que ces douleurs n'étaient dues qu'à une légère constipation.

« La prochaine fois, il faudra venir me trouver immédiatement, Sire ; ou monsieur Vallot. Je vais vous préparer un clystère.

— Un clystère, blêmit le roi en se recroquevillant brusquement. Croyez-vous que cela soit vraiment nécessaire ? »

Catherine s'immobilisa. Elle dévisagea le roi qui détourna le regard en rougissant. Et devant ce visage pétri de honte, devant ce corps qui se refusait, elle ne douta plus un seul instant que Vallot avait raison. Elle masqua son trouble du mieux qu'elle put.

« Je puis vous en administrer un par voie orale, si vous préférez. Un lavement traditionnel aura plus vite fait de vous soulager, c'est tout. Je ne veux pas vous forcer. C'est vous qui décidez, Sire. »

Le roi parut réfléchir. Puis, comme on s'abandonne :

« Faites ce qu'il vous semble juste de faire, madame Beauvais. »

XXXIV

Chez mademoiselle de Scudéry, les ricanements firent bientôt place à la stupéfaction. Car voici que monsieur Pellisson, lui-même, avait entendu dire que Catherine se rendait régulièrement chez le roi au milieu de la nuit.

« Ah ! fit monsieur Nanteuil avec morgue.

— Voyons, voyons… dit monsieur Chapelain, il doit y avoir une explication…

— Sans doute. Mais laquelle ?

— Peut-être va-t-elle lui faire des lavements ? tenta monsieur de Pomponne.

— Il a Vallot pour ça.

— Et si c'était une espionne ? suggéra monsieur Pellisson.

— Cela m'étonnerait fort que le cardinal Mazarin lui confie quelque secret que ce soit, fit monsieur Isarn.

— Et puis question discrétion, on a fait mieux, s'esclaffa monsieur Nanteuil. Un éléphant aurait plus de chance derrière un tronc d'arbre. »

Il y eut un silence.

« À moins… reprit monsieur Nanteuil soudain redevenu sérieux, à moins qu'elle n'aille lui donner du plaisir… »

Tous se tournèrent vers lui. Cette idée était si saugrenue, si lamentable, si dégoûtante, qu'on s'effara qu'il pût l'avoir.

« Ne dites pas n'importe quoi, Nanteuil ! grimaça monsieur Conrart. Vous feriez l'amour avec une chose pareille, vous ?

— Moi, non, mais je ne suis pas le roi. Peut-être voit-il chez cette femme quelque chose qui nous échappe.

— C'est grotesque, frissonna monsieur Isarn qui ne pouvait s'empêcher d'imaginer des scènes.

— Alors expliquez-moi ce qu'elle va faire chez lui !

— Il y a mille raisons possibles…

— Donnez-m'en juste une.

— Eh bien, je ne sais pas… Peut-être le roi s'est-il découvert une soudaine passion pour l'anatomie des monstres.

— C'est ridicule.

— C'est vous qui êtes ridicule avec votre histoire de jambes en l'air.

— Allons… allons, mes amis… » tenta de s'interposer mademoiselle de Scudéry qui s'inquiétait de la tournure que prenait la discussion.

Mais plus personne ne l'écoutait.

« Si vous n'étiez pas si chétif, je vous ferais rendre raison dans la cour d'honneur, monsieur Conrart.

— Si vous n'étiez pas si bête, je me ferais un plaisir de vous y rejoindre, monsieur Nanteuil.

— Je ne vous parle plus, Monsieur.

— Ça tombe bien. Je n'ai plus rien à vous dire. »

La porte claqua. Les voix encolérées des uns et des autres résonnèrent dans le couloir et mademoiselle de Scudéry s'effondra en larmes sur sa banquette, maudissant cette horrible Catherine d'avoir transformé son joli salon littéraire en salle de pugilat.

Un soir que Catherine observait à la loupe le liquide jaunâtre que le roi venait de rendre, ce dernier lui demanda :

« N'êtes-vous pas dégoûtée, parfois, par le travail que vous faites, madame Beauvais ?

— Dégoûtée ? Non.

— Quand même… fit le roi, toutes ces humeurs, ces liquides, ces excréments…

— … Sont partie intégrante de nous-mêmes, Sire. Et puis, au risque de vous déplaire, je préfère, et de loin, l'odeur de la merde aux senteurs compliquées que fabriquent les parfumeurs.

— Comment ça ?

— Ce que je veux dire, Sire, c'est que les humeurs, les excréments ne mentent pas. Ils sont comme les plantes : ils ne prétendront jamais être autre chose que ce qu'ils sont. »

Il y eut un silence.

« Croyez-vous que je serai bientôt guéri, Madame ?

— Je l'espère, Sire. De tout mon cœur. »

Il y eut un nouveau silence. Puis il reprit.

« J'ai quelque chose à vous dire, madame Beauvais.

— Je vous écoute, Sire.

— Ce n'est pas en faisant du cheval que j'ai contracté cette maladie. »

Catherine sourit.

« Je m'en doutais un peu, Sire. Je vous remercie de la confiance que vous me faites en m'apprenant cela. Mais si vous me le permettez, seules les conséquences de votre mal m'intéressent. Je laisse à d'autres le soin de s'occuper des causes. »

XXXV

Tous les jours, Catherine faisait son compte rendu à la reine et à Mazarin. À chaque fois, elle se gardait bien de leur dire qu'elle s'inquiétait de voir que les effets de sa potion tardaient à se faire sentir.

« Les choses avancent, expliquait-elle à Mazarin en tâchant de ne rien laisser transparaître du profond dégoût qu'il lui inspirait.

— Vous dites toujours ça. Répondez-moi. Dans combien de temps le roi sera-t-il guéri ? »

Elle s'en tirait par une pirouette.

« Les plantes n'ont pas d'horloge, Monseigneur. »

Au moins, le mal du roi n'empirait-il pas. Le flux qui lui sortait de la verge était toujours le même et les quelques accès de fièvre dont il souffrait restaient modérés. Il n'empêche : la guérison tardait et elle commençait à se faire beaucoup de souci.

Pour saugrenue, lamentable et dégoûtante qu'avait été l'idée de monsieur Nanteuil, et peut-être, justement, parce qu'elle avait été si saugrenue, si lamentable et si dégoûtante, elle n'en finissait pas de hanter les esprits. Et voici qu'un soir, monsieur Conrart se présenta chez mademoiselle de Scudéry, livide comme s'il avait croisé le diable.

« Ah ! Mes amis, mes amis, souffla-t-il en se laissant tomber dans un fauteuil, je vous dois des excuses.

— Vous ? Des excuses ? »

Il raconta alors, qu'intrigué par l'histoire qu'avaient tour à tour rapportée monsieur Nanteuil et monsieur Pellisson et désireux, il voulait bien l'avouer, de leur « fourrer le nez dans leur bêtise », il s'était enquis, auprès d'un garde affecté à la surveillance de la chambre du roi, et moyennant une petite bourse, de la véracité de cette rumeur. Le garde n'avait pas fait que la lui confirmer. Il lui avait aussi dit que…

« Que quoi ? Allons, parlez !

— Eh bien… Oh, me pardonnerez-vous un jour d'avoir pensé que vous étiez un imbécile, monsieur Nanteuil… Eh bien… Il m'a dit que des gémissements, parfois, montent derrière la porte. »

Il se fit un silence tel qu'on n'en avait plus entendu depuis la chute de Babel.

« Ça alors, finit par murmurer monsieur Nanteuil qui n'en revenait pas d'avoir touché juste.

— Tout de même, tout de même… » marmonna longtemps mademoiselle de Scudéry, les yeux perdus dans le vide.

XXXVI

Enfin, au bout de la treizième nuit de soins, le mal du roi sembla perdre du terrain. La veille déjà, les écoulements s'étaient montrés moins abondants. À présent, ils avaient presque totalement cessé. C'est à peine si, dans la journée, le roi avait éprouvé un léger mal de tête. De la fièvre ? Point. Des douleurs durant la miction ? Non plus.

Qui, de la potion de Catherine, des saignées et des purges à l'eau de Forges que Vallot avait continué à administrer – ou de la nature elle-même –, était responsable de cette amélioration, voilà qui aurait été impossible à dire. Mais cela n'avait aucune importance : l'infection semblait, sinon vaincue, du moins en passe de l'être.

Catherine attendit encore deux jours avant de crier victoire. Enfin, lorsqu'elle fut assurée que le mal était parfaitement éradiqué, elle s'en alla, avec Vallot, expliquer à la reine et à Mazarin que, grâce à leurs efforts conjoints, le roi pourrait désormais donner à la France tous les héritiers qu'elle méritait.

À ces mots, la reine fondit en larmes. Elle se précipita sur Catherine et Vallot, embrassa la première, pressa les mains du second et, se tournant vers Mazarin, le regarda avec l'air de dire : « Hein, vous voyez que j'avais raison ! »

Et Catherine, observant du coin de l'œil la tête que faisait le cardinal, se réjouit fort en le devinant écartelé entre le plaisir d'apprendre que le roi était guéri et la contrariété de savoir qui l'avait soigné.

Trois jours plus tard, le roi fit mander Catherine dans son cabinet de travail. La reine et Mazarin étaient là, mais pas Vallot.

« Eu égard à vos bienfaits, à votre dévouement et à votre sens du secret, lui dit le roi en venant lui prendre les mains, nous avons décidé, madame Beauvais, de vous octroyer le titre de baronne ainsi qu'une pension de deux mille livres par an. »

Catherine s'était attendue à recevoir une récompense, mais celle-ci était si considérable qu'elle ne put s'empêcher de sursauter.

« Pardon ?

— Tout cela n'est rien au regard des services que vous avez rendus à la Couronne, Catherine, fit la reine en l'embrassant sur les deux joues.

— Et que vous continuerez à lui rendre, reprit le roi : en plus de continuer à vous occuper de Madame ma mère, je vous veux à mon réveil tous les matins. Vous examinerez mes selles, et c'est vous qui, désormais, m'administrerez mes clystères. »

Seul Mazarin resta dans son coin sans rien dire, le visage fermé comme un poing.

« Et monsieur Vallot ? demanda Catherine.

— Ce cher homme a déjà été remercié, sourit le roi. Nous lui avons offert le titre de surintendant du Jardin royal des plantes médicinales. Il est parti prendre possession de son nouveau domaine. »

L'après-midi même, le bruit de cette grâce se répandait partout, jusque sous l'allée d'ifs où l'on avait coutume de venir se soulager. Chez mademoiselle de Scudéry, cet anoblissement venait couronner la théorie de monsieur Nanteuil et les discussions s'enflammaient jusque tard dans la nuit.

« Je suis convaincue que cette sorcière lui a fait boire un philtre, s'emportait madame de Sévigné.

— Peut-être les appétits du roi en matière de dames sont-ils juste un peu… comment dirais-je… particuliers… » tempérait monsieur Pellisson, blanc comme un cierge.

Mademoiselle de Scudéry, qui arrivait peu à peu à l'âge où les hommes se montrent, avec les femmes, plus prévenants que galants, se prenait secrètement à rêver à l'extraordinaire breuvage que cette démone avait mis au point.

XXXVII

Durant plusieurs semaines, les habitués du salon de mademoiselle de Scudéry, du moins ceux qui ne croyaient pas aux philtres d'amour, mangèrent aussi peu qu'ils dormirent. Toujours la même question revenait, lancinante, brûlante, désespérante : qu'est-ce que le roi avait bien pu voir chez cette horrible bonne femme qu'ils n'avaient pas vu ?

Et puis, un soir, monsieur Conrart se présenta rue de Beauce avec un petit tableau empaqueté sous le bras. Après qu'il eut déballé la toile et qu'il l'eut installée sur le rebord de la cheminée, tout le monde resta bouche bée. On se trouvait face à une forêt d'arbres gigantesques au milieu desquels serpentait une rivière comme une corde d'argent. Au premier plan, étendus dans l'herbe, des femmes et des hommes vêtus de toges d'or et de pourpre devisaient à côté d'un petit temple en ruine couvert de lierre. Au second plan, des biches paissaient sous les frondaisons et des oiseaux multicolores s'égayaient au milieu des branches. Il régnait sur ce monde une beauté, une paix si profondes que l'envie prenait soudain de traverser la toile pour s'en aller le rejoindre.

« C'est magnifique, s'exclama monsieur Pellisson.

— On se croirait revenu aux temps d'avant la Chute, dit monsieur de Pomponne. C'est de qui ?

— De Claude Lorrain. Je lui ai acheté ce tableau voici quelques années. Je vais vous proposer une petite expérience.

— Une expérience ! s'exclama madame de Sévigné en battant des mains. J'adore les expériences.

— Contemplez encore un instant la beauté de ce paysage. Admirez l'équilibre de l'ensemble, la justesse des proportions, l'harmonie des couleurs… Vous y êtes ?

— Nous y sommes.

— Bien. Et maintenant approchez-vous de la toile. Plus près. Encore un peu. Là. Voilà. Que voyez-vous ?

— Comment ça, qu'est-ce qu'on voit ?

— Oui. Regardez bien. Qu'est-ce que vous voyez ?

— …

— Je vais vous le dire. Vous ne voyez plus rien. Plus rien qu'un chaos de couleurs et des coups de pinceau rageurs.

— En effet…

— Imaginez maintenant le peintre, continua Conrart. Regardez-le penché sur cette toile dans la solitude de son atelier. Cela fait trois jours qu'il ne dort plus, ne mange plus, ne va plus à la selle. Il doute, il cherche, grimace, ajoute une touche de blanc, de rose, de rouge, efface tout, recommence, se désespère de parvenir un jour à faire son chef-d'œuvre…

— Le pauvre…

— Comme je le comprends, soupira monsieur Nanteuil.

— Et maintenant, imaginons que vous ayez le pouvoir d'entrer dans cette toile. Approchez-vous de ces gens, tendez l'oreille à ce qu'ils disent. De quoi parlent-ils ?

— Eh bien… fit madame de Sévigné que ce jeu amusait follement. Je ne sais pas… De la beauté du jour…

— Mmm… Peut-être, sourit monsieur Conrart, peut-être. Mais peut-être, aussi, parlent-ils de la guerre qui a ruiné ce temple, ou de maladies, ou de la mort d'un enfant…

— C'est vrai…

— Et si vous vous mettez à plat ventre dans l'herbe, ne risquez-vous pas de découvrir tout un peuple d'insectes terrifiants, avec leurs mandibules, leurs antennes, leurs cornes, leurs crocs… ?

— Nous direz-vous enfin où vous voulez en venir, Conrart ? » s'impatienta monsieur Pellisson.

Monsieur Conrart se tourna vers lui. Ses yeux brillaient.

« Ce que je veux vous dire, mon cher, c'est que si nous ne voyons que de la beauté dans une chose, c'est peut-être parce que nous ne nous sommes pas suffisamment penchés sur elle…

— Et alors ?

— Et alors, lui répondit monsieur Conrart, ce qui vaut pour une chose belle ne vaut-il pas, inversement, pour une chose laide ? »

XXXVIII

Tandis que monsieur Nanteuil se pressait désormais aux promenades quotidiennes de la famille royale pour tenter de découvrir où se nichait la beauté de Catherine, les autres membres du sérail de mademoiselle de Scudéry épluchaient les livres dans l'espoir de découvrir quelque chose concernant les vertus secrètes de la laideur.

Si monsieur Nanteuil rentrait chaque fois bredouille, ses amis, eux, allaient de découvertes en découvertes.

« Écoutez ce que j'ai trouvé dans les *Essais* de Montaigne, s'exclamait monsieur de Pomponne : *La philosophie ancienne dit que les jambes et les cuisses des boiteuses ne recevant, à cause de leur imperfection, l'aliment qui leur est dû, il en advient que les parties génitales, qui sont au-dessus, sont plus pleines, plus nourries et vigoureuses. Ce défaut empêchant l'exercice, ceux qui en sont entachés dissipent moins leurs forces et en viennent plus entiers aux jeux de Vénus*[12]. »

Monsieur Chapelain, l'index levé au ciel, lisait, dans *La Cité de Dieu* de saint Augustin : « *Dieu, créateur de toutes choses, sait où et quand une chose doit être créée, car il sait par quelles nuances de similitudes et de contrastes il doit ordonner la beauté de l'ensemble*[13]. »

Monsieur Pellisson se rappelait que Socrate était très laid. Monsieur Isarn se souvenait qu'Aristote l'était aussi.

Et mademoiselle de Scudéry se réjouissait de voir que la paix et l'harmonie étaient enfin revenues entre les membres de sa petite communauté.

Un soir, monsieur Nanteuil ouvrit avec fracas la porte du salon.

« J'ai trouvé !

— Qu'est-ce que vous avez trouvé ?

— Sa beauté !

— Quoi, sa beauté ?

— Vite, mes amis ! Nous allons faire comme avec le tableau de monsieur Conrart. Fermez les yeux. Fermez les yeux et imaginez Cateau. Vous la voyez ?

— Nous la voyons.

— Bon. Prenez le temps d'admirer l'extraordinaire déséquilibre de l'ensemble, les extravagantes proportions…

— Cela n'est pas très agréable…, grimaça monsieur de Pomponne.

— À présent, approchez-vous d'elle par la pensée. Plus près… Plus près encore… Là… Voilà. Et maintenant, que voyez-vous ?

— Un poireau avec des poils…

— Une verrue…

— Non, non, mes amis ! éclata de rire monsieur Nanteuil. Vous ne voyez plus que de la beauté ! »

Tout le monde ouvrit brusquement les yeux.

« Qu'est-ce que vous nous chantez là ?

— Vous vous moquez !

— Pas du tout ! Fermez de nouveau les yeux. Regardez son œil gauche.

— Eh bien ?

— N'est-il pas parfaitement dessiné ?

— Ma foi…

— Et si vous plongez dans le blanc de son œil mort, n'aurez-vous pas l'impression de nager dans un grand lac d'eau transparente ?

— Maintenant que vous le dites… fit madame de Sévigné.

— À présent, observez son oreille gauche : admirez le parfait équilibre de l'ensemble, le galbe du lobe, la douce rondeur de l'hélix, la délicatesse du tragus…

— C'est juste !

— Et les ailes de son nez, ne sont-elles pas magnifiquement, miraculeusement identiques ?

— Ah oui…

— Et sa voix, n'a-t-elle pas, par instants, des accents de rossignol ?

— Tout cela est si évident, dit mademoiselle de Scudéry en ouvrant des yeux ébahis, que je me demande comment nous n'y avons pas songé plus tôt.

— Chaque partie est un tout, et le tout est dans chaque partie… murmura monsieur Pellisson, ébranlé par cette leçon qui lui faisait entièrement réviser sa perception du monde.

— Comment avons-nous pu être aveugles à ce point ? » balbutia monsieur Chapelain.

Dès lors, le petit salon de mademoiselle de Scudéry vécut dans un émerveillement quasi permanent. Car, de Catherine, l'on passa naturellement à toutes ces choses que l'on avait longtemps crues laides (un tas de fumier, une crotte, un mendiant, une maison écroulée…) ; elles recélaient tant de beautés secrètes, tant d'harmonies cachées, que la tête tournait à force de les observer. Ainsi, de la morve aux étrons, de la puce au dindon, des cailloux aux étoiles, bref, de l'alpha à l'oméga, le monde que Dieu avait créé n'était qu'un assemblage de beautés formelles que seuls ne pouvaient pas voir ceux qui ne voulaient pas voir.

C'était cela que le roi leur enseignait par l'intermédiaire de cette femme sortie des latrines.

XXXIX

De plus en plus souvent, maintenant, Catherine surprenait des sourires timides, voire des petits gestes amicaux. Bien sûr, elle n'était pas dupe : elle savait que ces marques d'amitié ne s'adressaient pas à elle mais à celle que le roi avait anoblie quelques semaines plus tôt et qui, depuis cette date, assistait à tous ses réveils.

Ce qu'elle prenait surtout grand plaisir à lire dans les yeux de la plupart des gens qu'elle croisait, c'était la forme d'une question à laquelle ils n'avaient pas de réponse. Alors elle redressait les épaules et s'éloignait en faisant claquer ses bottines de vair toutes neuves. Elle n'était plus Cateau ; elle n'était plus « la chose » ou « la borgnesse ». Elle était la baronne de Beauvais ; elle était un mystère, une énigme.

Seul, parmi tous ces regards, celui de Mazarin n'avait pas changé. Chaque fois qu'elle le croisait au détour d'un couloir ou dans une allée du jardin, chose qui était rare tant le cardinal semblait tout faire pour l'éviter, elle continuait à n'y lire que de la haine ou du dégoût.

Mais cela la laissait de marbre. Que valait le dégoût qu'elle lisait dans ses yeux face à celui qu'il lui inspirait ? Et que pouvait-il contre elle, à présent, elle la protégée du roi et de la reine ? Ses froncements de sourcils, sa bouche pincée, la façon qu'il avait de planter ses yeux dans le sien ou de détourner la tête lorsqu'il la voyait paraître, toutes ces choses qui, hier, lui faisaient si peur, n'étaient désormais plus, pour elle, que de ridicules et vaines grimaces.

Elle était d'autant moins impressionnée par le personnage que l'homme, écrasé par le poids des ans et de sa lourde charge, avait perdu de sa superbe. Il marchait chaque jour un peu plus voûté et en traînant la patte, rongé par une interminable crise de goutte.

Un soir qu'elle s'apprêtait à entrer chez la reine ses instruments sous le bras, elle l'entendit qui grondait derrière la porte.

« Quand je pense que votre fils a anobli cette… chose…

— Auriez-vous déjà oublié ce qu'elle a fait pour lui, Monsieur ?

— Peut-être… Même si rien ne nous dit que ce sont ses traitements qui ont effectivement guéri Sa Majesté. Pourquoi ne pas s'être contenté de lui donner de l'argent ?

— Sauf votre respect, mon fils, le roi, n'a plus de comptes à vous rendre, Monsieur.

— Sans doute. Mais à cause de ce titre, toute la Cour s'interroge. Savez-vous ce que certains vont même jusqu'à prétendre ? Que le roi et elle ont eu une liaison ! Mieux encore : que c'est vous qui avez favorisé ce rapprochement afin de vérifier que votre fils était apte au mariage !

— Laissez-les dire, Monsieur…

— Et les cours d'Europe ? Que diront-elles lorsqu'elles apprendront que le roi de France a appris à faire l'amour avec un monstre ?

— Bah ! À l'époque, tout le monde savait très bien que Louis XI aimait beaucoup son lévrier Mistadin… Cela ne l'a pas empêché d'épouser la jeune et jolie Marguerite d'Écosse.

— Je ne trouve pas ça drôle, Madame.

— Allons, ne soyez pas inquiet, Monsieur. Cette rumeur est si grotesque qu'elle finira par s'éteindre d'elle-même.

— Je voudrais en être aussi sûr que vous, Madame. »

Derrière la porte, Catherine jubilait : plus encore que d'apprendre que des imbéciles lui prêtaient une relation avec le roi, la colère stérile de Mazarin l'emplissait d'aise. Sa joie fut encore plus grande lorsque le cardinal, ouvrant la porte, la découvrit soudain devant lui.

« Depuis combien de temps êtes-vous là, vous ?

— Je ne sais pas, répondit Catherine dans un grand sourire. J'attendais mon heure… »

XL

Au début, les courtisans ne furent qu'une poignée à oser l'approcher. Mais comme elle ne fit pas mauvais accueil aux premiers, d'autres se présentèrent bientôt à elle, sourire contrit aux lèvres, puis d'autres encore, chaque fois plus affables, plus mielleux, mais qu'elle regardait toujours de haut.

« Ah, madame de Beauvais, faisait la comtesse de Vaugirard qui, il n'y avait pas si longtemps encore, parlait de la brûler, il faut absolument que vous veniez souper chez moi. Vous m'expliquerez comment vous fabriquez vos clystères.

— Oui, renchérissait son mari qui, lui, aurait préféré qu'on la jetât dans la Seine. Peut-être même pourrez-vous nous faire la grâce de nous en administrer un à cette occasion ? »

— Voudriez-vous poser pour moi ? lui demandait avec insistance monsieur Nanteuil.

— Et m'initier à la composition de certaines de vos potions ? » lui disait mademoiselle de Scudéry en clignant de l'œil.

S'il était un phénomène qui amusait Catherine plus encore, c'était de voir un nombre grandissant de courtisans, hommes ou femmes, s'essayer à singer sa laideur sur le passage du roi. Ils se présentaient aux promenades matinales, qui boitant, qui voûté, qui encore, le front marqué d'une énorme mouche ou l'œil masqué par un bandeau de velours noir, ou rouge, ou vert, ou bleu, mais toujours signé Fabregue.

Le temps passa et cette mode – que les amis de mademoiselle de Scudéry trouvaient ridicule – avec lui. Mais comme Catherine continuait d'assister aux réveils du roi et que l'affection que la reine lui portait ne passait pas, elle, l'on continua à lui sourire et à rechercher sa présence. Lorsque l'on sut que la reine lui avait offert d'occuper les superbes appartements de Diane restés vides à la suite du départ de Mademoiselle d'Orléans, on la jalousa beaucoup. Mais dès que l'on apprit qu'elle recevait chez elle tous les jeudis, et que le roi, lui-même, faisait parfois apparition, on fit des pieds et des mains pour en être.

Tous les jeudis, donc, tandis qu'un petit orchestre jouait des airs de Jean de Cambefort, Catherine, allongée sur un sofa de plumes légères, écoutait ses invités lui raconter la Fronde en grignotant des biscuits, se délectait du récit de l'horrible séjour qu'ils avaient passé au château de Saint-Germain-en-Laye durant l'hiver 1649, en trempant les lèvres dans une coupe de vin de Champagne, s'effrayait du jour où les troupes de Condé avaient envahi l'hôtel de ville et égorgé tout le monde…

Et ce qui la comblait, c'était que tous, sans exception, la regardaient dans l'œil lorsqu'ils lui parlaient.

Catherine croyait avoir touché au sommet de la félicité. Mais il y avait un dernier degré sur l'échelle de son bonheur. Un matin qu'elle cherchait un livre dans la bibliothèque de maître Vallot, un page vêtu de bleu se présenta devant elle.

« Monseigneur Mazarin m'envoie vous dire qu'il vous attend dans son bureau. »

Elle dévisagea un instant le garçon boutonneux qui se tenait devant elle et qui n'osait pas la regarder en face.

Puis, remettant le nez dans les rayonnages :

« Dites à monseigneur Mazarin que, s'il désire me parler, il vienne me voir. Je n'ai pas le temps de me déplacer. »

Le page leva sur elle des yeux comme des billes.

« Eh bien, quoi ? fit Catherine. Qu'attendez-vous ?

— Heu… Rien, Madame. J'y vais, Madame. »

Un quart d'heure plus tard, le page revint, tout penaud.

« Monseigneur s'excuse, mais…

— Il s'excuse ?

— C'est le terme qu'il a employé. Il ne peut pas venir. Il voudrait que vous ayez l'obligeance de bien vouloir vous présenter à lui.

— L'obligeance ?

— Oui. »

Catherine hésita. Cette soudaine prévenance sonnait faux.

C'est mi-inquiète, mi-curieuse qu'elle emboîta le pas au page.

Ce n'est pas debout que le cardinal la reçut, cette fois-ci, mais avachi dans son fauteuil à côté de la cheminée éteinte. Les rideaux étaient à moitié tirés. Au milieu de ses trésors qui scintillaient péniblement dans l'ombre, on aurait dit un chien dans un jeu de quilles.

« Pardonnez-moi de vous recevoir assis, commença-t-il d'une voix sourde. Mais il est des circonstances qui, parfois, vous empêchent d'agir à votre guise. »

Son teint était cireux. Il donnait l'impression de souffrir beaucoup.

« Que me voulez-vous ? » demanda sèchement Catherine.

Le regard que Mazarin posa sur elle laissa transparaître une immense fatigue.

« Ce n'est pas à la baronne de Beauvais que j'ai demandé de venir. C'est à l'apothicaire. »

Il souleva le bas de sa simarre. Ses jambes étaient enserrées d'épais bandages.

« Je souffre d'ulcères. Tous les médecins que j'ai consultés ont été incapables de me soigner.

— Et ?

— Eh bien… » Il s'interrompit, comme si les mots qu'il allait dire lui coûtaient énormément. « Vous qui prenez si bien soin du roi et de la reine… Je me demandais si, parmi toutes vos médications… »

Devant la mine stupéfaite de Catherine, le cardinal souffla :

« Je ne vous demande pas de m'aimer, madame de Beauvais… »

Catherine s'agenouilla. Elle défit délicatement les bandages qui laissèrent échapper une odeur pestilentielle. Les jambes, décharnées, étaient badigeonnées d'une sorte d'emplâtre marron.

« Mais avec quoi vous soigne-t-on ?

— Du crottin de cheval. »

Catherine dut se mordre les joues pour ne pas éclater de rire. Elle resta un long moment à contempler l'étrange et réjouissant spectacle de ces jambes recouvertes de merde. Elle pensait aux remèdes dont elle s'était servie autrefois pour soigner les ulcères de Françoise : à la petite centaurée qui aurait tôt fait de calmer les douleurs, aux fleurs fraîches de bardane qui favoriseraient la cicatrisation, à la salicaire mélangée de vin rouge qui parachèverait la guérison.

« Pouvez-vous quelque chose pour moi ? » demanda Mazarin.

Catherine leva l'œil. Il y avait tant de souffrance dans son regard, tant d'inquiétude, tant de solitude, aussi, que la guérisseuse fut sur le point de céder. Mais la tique qui, depuis quelques années, sommeillait, repue, en elle, se réveilla soudain. Elle se rappela ces journées à toujours craindre d'être chassée, ces mois interminables passés au couvent des Filles-Dieu, ces jours terribles durant lesquels elle avait songé à mourir ; elle revit les yeux du roi au fond desquels passait parfois l'ombre d'un souvenir épouvantable. Elle se redressa, considéra le visage de Mazarin plissé par l'âge et la douleur, et, dans une grimace qui ressemblait à un sourire :

« Je ne connais pas de meilleur remède que celui que l'on vous donne, Monseigneur. »

Le voyageur, de retour au Louvre, voyant Catherine sortir de chez Mazarin dans sa robe de satin bleu et le cou serti d'un magnifique collier de perles se serait écrié :

« Mais… n'est-ce pas Cateau la borgnesse, la lavandière du postérieur de la reine ? »

Et une marquise, derrière lui, aurait murmuré :

« Si fait, Monsieur, c'est… du moins… c'était elle.

— Comment ça, c'était ? »

Cette fois-ci, le voyageur aurait pu en savoir davantage car la marquise l'aurait toisé et, découvrant la beauté de son regard derrière son visage couvert de poussière, lui aurait proposé (on était jeudi) de l'accompagner le soir même chez Catherine.

« Vous verrez, le spectacle en vaut la peine. »

Voici comment le voyageur, suivant la marquise, aurait découvert, au terme d'une enfilade de pièces remplies de statues de marbre, de livres rares et de tableaux de maîtres, une petite foule d'hommes et de femmes rassemblés autour de Catherine, allongée sur son sofa de plumes.

Là, au milieu du brouhaha et des notes de musique, monsieur Conrart serait venu lui dire que c'était la femme la plus spirituelle du monde ; Paul Pellisson, s'approchant avec une coupe de vin de Champagne, lui aurait expliqué comment la beauté se cache sous le masque de la laideur ; monsieur Isarn lui aurait déclamé le petit poème qu'il venait d'écrire et qu'il avait intitulé *Horreur sublime* ; monsieur Nanteuil lui aurait dit, d'un air complice : « Vous avez vu, sa main droite, comme elle est belle ? » ; et mademoiselle de Scudéry, venant lui raconter toute l'histoire de Catherine, en aurait profité pour glisser dans son verre, à son insu, quelques gouttes d'un mystérieux breuvage qui serait, malheureusement pour elle, resté sans effet.

Longtemps, le voyageur aurait gardé un souvenir stupéfait de cette soirée. Sur le chemin du retour, le lendemain, traversant les rues de Paris, les oreilles encore emplies des discours et des poèmes des amis de mademoiselle de Scudéry, il se serait étonné de surprendre de la beauté là où, en arrivant, il n'avait vu que de la laideur ; longeant les bords de Seine, il se serait émerveillé des irisations du soleil sur le ventre verdâtre et luisant d'un cadavre ; sur la place du Châtelet, il aurait admiré comment les tours pointues de la prison s'accordaient parfaitement à la forme des lances des gardes ; remontant la rue Saint-Denis, il aurait aperçu des âmes derrière les visages fardés des prostituées. Et si, une fois arrivé chez lui, sa femme et ses enfants lui avaient demandé s'il avait revu l'horrible créature qu'il avait croisée la dernière fois qu'il était allé au Louvre, ils l'auraient alors vu se perdre dans une longue et profonde rêverie d'où il ne serait sorti que pour leur parler de la relativité du laid et du mensonge des apparences.

Notes

1. Euripide, *Tragédies complètes II* (édition de Marie Delcourt-Curvers), Paris, Gallimard, coll. Folio, 1989.

2. Valentin Conrart, *Mémoires* in *Collection des mémoires relatifs à l'histoire de France*, édition de Claude-Bernard Petitot, Paris, Foucault, 1825, p. 64.

3. Jules Cousin, *Stances à Madame de B*** sur son adresse à donner des lavements*, in *L'Hôtel de Beauvais rue Saint-Antoine*, Paris, Revue universelle des arts, 1864, p. 7.

4. *Id.*, *ibid.*, p. 7-8.

5. Épictète, *Entretiens. Manuel* (trad. J. Souilhé), Paris, Les Belles Lettres, 2019, p. 446.

6. Ovide, *Les Élégies*, livre troisième (trad. J.-M. de Kervillars), *in Œuvres complètes*, tome 6, Paris, Chez Debarle, an VII, p. 161.

7. Térence, *Les Comédies*, vol. II (trad. J.-A. Amar), Paris, C.L.F. Panckoucke, 1830, p. 257.

8. Platon, *Gorgias* (trad. V. Cousin), *in Œuvres*, tome troisième, Paris, Bossange frères, 1826, p. 284.

9. Nicolas Boileau, *Satires*, vol. I, Paris, Imprimerie générale, 1872, p. 128.

10. Virgile, *Les Géorgiques* (trad. J. Delille), Paris, Chez Bleuet Père, 1809, p. 117.

11. Valentin Conrart, *Mémoires* in *Collection des mémoires relatifs à l'Histoire de France*, *op. cit.*, p. 42.

12. Montaigne, *Essais*, livre III, chapitre 11 (édition de Claude Pinganaud), Paris, Arléa, 2002, pp. 738-739.

13. Saint Augustin, *La Cité de Dieu*, livre XVI/VIII (trad. L. Moreau), Paris, Charpentier, 1843, p. 194.

Remerciements

Merci à Alain Timsit qui a toujours cru en mes *Monstres* et à toute l'équipe des éditions Julliard qui les a accueillis avec tant d'enthousiasme.

F. R.

Cet ouvrage a été composé et mis en page
par Nord Compo à Villeneuve-d'Ascq

Imprimé en France par
CPI Bussière
en septembre 2023
N° d'impression : 2074042

#lisez! engagé
www.lisez.com
Pour plus d'information :
Imprimé sur du papier issu de forêts gérées durablement.

Pocket – 92 avenue de France, 75013 PARIS

S33543/01